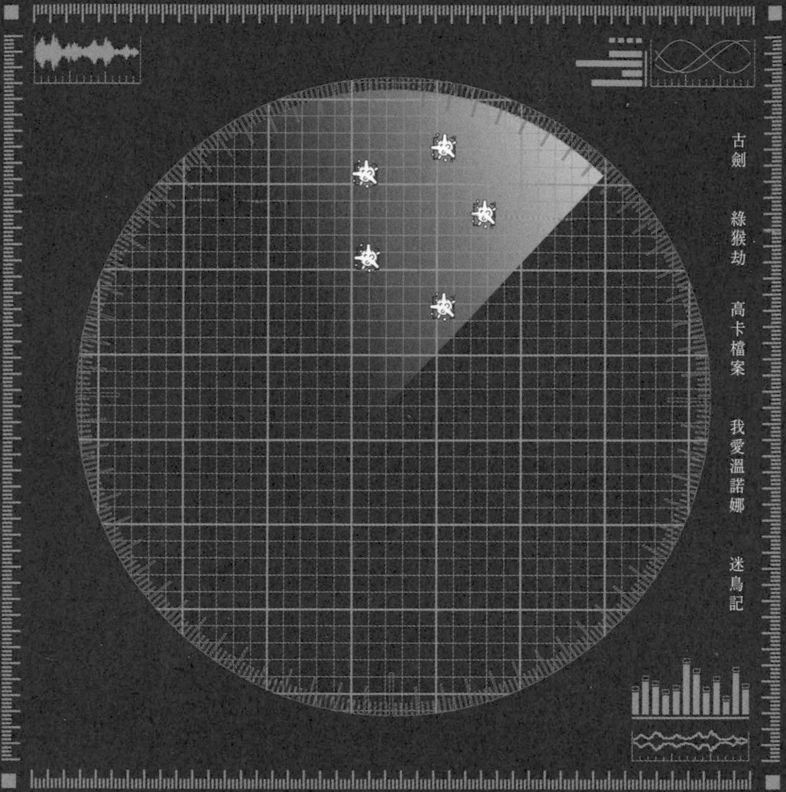

綠猴劫

《海天龍戰》32年紀念新版

葉言都 著

目錄

時光流轉，世事滄桑。古人手中的刀劍，漸漸變成今人的槍炮、飛機、戰艦、毒氣、細菌、飛彈、核子彈、殺手衛星、主義、宣傳、洗腦、跨國公司、全球通訊社、網路病毒和……誰也不知道還會有什麼。

推薦序

期望百年之後依然是經典

文．須文蔚　國立東華大學華文文學系特聘教授

在臺灣當代小說的發展上，葉言都和張系國與黃海等名家，為科幻小說奠基，一掃通俗文學的標籤，以正統文學的筆法、結構與哲思書寫，開創出具有人文精神的經典作品。張系國對政治與商業文明的諷刺，黃海對環境生態的關懷，葉言都對科技如脫韁野馬發展的憂心，在在以科幻元素建構出各自的幻想國度，卻時時回到現實中，或影射、或思辯、或警告一旦理想與正直消逝，世界將面對浩劫。

《綠猴劫》（《海天龍戰》32年紀念新版）的出版時刻，正是新冠病毒

（Coronavirus disease, COVID-19）疫情席捲全球，人心惶惶，各國築起壁壘，班機停飛，往來停頓，臺灣人們的日常也以口罩築成防線，而有關病毒的起源究竟是自然界演變而成？中國大陸傳統進補陋習所引發？世界霸權生化戰爭的陰謀？言人人殊，而葉言都在三十二年前早就在本書的多篇小說中，展示了全球化的趨勢下，生化戰的操作細節與模式。〈綠猴劫〉中，為了對抗敵國，在離島上成立了研究所，把原本在西太平洋地區島嶼上猴子間的傳染病開發為戰爭工具，不料意外流出，造成了島上的原住民尼魯族幾乎傾滅的悲劇；〈高卡檔案〉則是為了對抗敵國高卡族，利用重男輕女的傳統，惡意銷售生男藥劑，造成男女人口的極度失衡，而達到不戰而屈人之兵的戰略；〈迷鳥記〉更以遼闊的國際觀，講述克奇茲國從委內瑞拉的馬和驢子身上找到病原體，培養成使人發生感冒、嘔吐、下痢乃至致死的ＶＥＥ病毒，更不可思議的是，發動生物戰的媒介竟然是候鳥。每個故事讀來，都讓人不寒而慄，彷彿預言均成真。

葉言都科幻小說中有濃厚的學術性格，在虛構的世界中，所動員的科技幾乎都本於歷史事件或科學發現。〈我愛溫諾娜〉所闡述的氣象戰，在戰爭史上例證不少，十三世紀忽必烈討伐日本，水軍二次受挫，都是颱風作梗；二次世界大戰中，哈爾賽（William Frederick Halsey, Jr.）將軍在太平洋戰爭中戰功彪炳，但兩次帶領艦隊駛進颱風中，造成巨大的損害與傷亡，成為海軍史上難以抹滅的汙點，而葉言都進一步發展出人造雨與颱風戰的情節，自然讓讀者願意跟著小說家提供的線索，追索故事的發展，對照二〇一七年狄恩．戴夫林執導的電影《氣象戰》（Geostorm），不得不佩服葉言都早就構思出類似的故事。同樣有所本的是〈迷鳥記〉中的委內瑞拉馬腦炎病毒（Venezuelan equine encephalitis, VEE），確實是在一九三六年發現的一種馬腦炎病毒，後來發展為人傳人的疾病，只是原本感染源頭為蝙蝠、鳥類、鼠類和熱帶小型哺乳動物，而到了葉言都手上變化成新型態的戰爭工具。

從臺灣科幻小說發展歷史回顧，一九八〇年代以降的作家越發幻滅與虛無，葉言都懷抱為重大歷史事件中的小人物發聲，警示科學發展扭曲的傷害，都成為空谷足音。誠如許倬雲院士說過：「二十世紀以來，科學研究迅速發展，加上全球化以後，人類文化的多元，猶太教與基督教的神恩，不再能約束個人主義的脫韁而去。於是，資本主義追逐利潤，壓過了個人主義對自己的約束，一變而無所不用其極。」顯然具有歷史學家、新聞人與小說家多重身份的葉言都，關注以人文精神反思現代科技的極端發展，在他筆下的寓言不僅是一則則警語，他更堅持不受到當下的人事物框限，期許自身的科幻小說是一則則預言，穿越到十年、三十年或是百年之後，依舊具有啟發意涵，這正是本書經典價值所在。

寄生於微光，支撐起時光

——讀葉言都《綠猴劫》

文‧高翊峰 小說家

小說顯身之初，弱有微光，我時常耽溺於捕捉，那是寫者最靈動也最為執著的光暈。光暈該是失去邊際的。如果能簡述那隱約曖昧的輪廓，應是故事，也是讀者迎面小說時的反復探究點。在微弱光暈之後，寫者經手了敘事，亦是講述；經手了設計，亦是對自身反芻。那眨眼時，懂得了為少數而進行的靜默，寫者便開始憂慮，如何測量自身與角色的距離。

此種測量，無關者直視，約莫只是漂浮的蜘線。只不過，寫者踩定之點，時常決定了小說的命痕。輾轉思索，這種度量在推理、偵探、武俠、軍事等類型小說，一臉是僵固，一臉也是底定風格的論述。是的，取樣現代科技與進化知識的科幻虛構寫作，亦無法繞過這項錨定小說距離感的測量。

這不繞道，抑或是無他路可供取巧，已是採集小說的必經之徑。偶有猶豫時，入山冥想著，若小說有祂，或許是這項無法轉身背向的技藝遺留給祭司們的一道測試吧。

思考經歷以上，便緩緩逐字發覺，葉言都先生於三十年前便開始嘗試的小說之路。

那些微弱光暈形塑著的故事，如何被講述，如何筆畫出修煉的戒壇，在諸多冠以類型的虛構當中，更為計較，也更需要計較。這是如我寫者個人的一念偏執。如此偏執，在《綠猴劫》一書的五個短篇，是能輕敲出微量質與調與色類同的粉末。在恍若光束處，它們一旦呼吸，落於地，便為葉言都先生降生，顯形一個可能的訊號源：依存於假想敵的科幻故事。

寫於此，我想可以試著表述，如果減去「科幻」二字，單純以「依存於假想敵的故事」的論述——這對我個人而言，更能說明葉言都先生這本短篇集子更為廣泛的文學座標。

〈高卡檔案〉、〈綠猴劫〉、〈我愛溫諾娜〉、〈迷鳥記〉四篇短篇故事的光暈中央，都有一假想的敵對之國：加西亞。因這虛存於實的加西亞，這四篇故事得以依存於你我所處的小島，或者更小的小島離島，以及更遙遠些的南洋圖點群島。

島與這那島，在數十年後，終究成了這些故事依存也依戀的故土。在書寫微光與閱讀信念怯弱的時刻，人總會思念於此身故土，遙想更悠遠些的故土。

葉言都先生撰寫這些故事的時序，已然飛返三十年。那時的「當下」，確立的時間感，一如〈古劍〉的青年劍客，丹心習道，在術的引領之下，但求體與劍能夠彼此鑄熔。只是，時間向來在靜默的井底醞釀殘酷，非你我在當下能夠觸摸。於是，戒護小說的結界成形，古劍斷於時間，而非折於術之手。

我試著踰越探勘，這本集子中，那爬梳記憶檔案的老將軍、同島遭遇病毒的人類學病毒學兄弟、焦慮以生成颱風的氣象學者、多元視角裡迷路的海員、情報工作者、鳥類學者……諸此眾生，並非基於三十年前的當下所想像的未來軌跡，實是另一時區的寫實。

如此的當下，在時間之流無所停頓，只能悲哀地不斷降生。祂必然重復，更有可能無從靜止地，反映當下單一個體與局部社會的認知。如此的故事，確實試圖支撐起三十年前的那個當下。這其中存有地域、種族、強權、階級……種種寫者意識，也多量包裹著荒誕卻如哀真實的島嶼過往意志。

你我生長於島嶼，其實經常無視島嶼的常日與非日常，真的只是不斷復返的輪迴。皆在輪迴，共通經驗宛如集體既視感，時時與當下連結，創造出故事的預言體質。若列對排序細細分述，或許有機會得出「時間」與「預言」之間經常導致矛盾的悖論：故事原始內核的樣貌愈是單一與純粹，則在未來的時間軸，愈有機會形成預言。

擴張詮釋，稍稍往前，我多走一小步。這悖論與思索文學命題主體的簡化與精準，可以類比。

顯形於外的另一層類比：「人」研究野生動物特有病毒，以此研發生化武器。病毒因人因性因惡流出實驗室，隨後展開空間意義上的封鎖（島嶼原始的認知意義上，即存有空間上的封鎖），再將人性推向好奇於惡的那一段，觀察活者之悲與痛，銷毀活體實驗，假性新聞流竄，官方媒體的資訊箝制（資訊的虛實辯證，也從未曾在過去的島嶼時光裡缺席）……這些植入故事的原始內核，於時間褪去之後，依舊能在未來的當下，自體轉身，呼應讀者所處的當下。

這是小說將歷史的局部，置於未來，進而演化成預言未來的可能方法論述。寫者，以為者。這也是葉言都先生寫於歷史一瞬的《綠猴劫》，最能迎面此時當下的重要意義。

五則短篇故事的當下之時，雖然架空了空間，依舊能理解葉言都先生透過（科幻）虛構故事，勾勒島嶼活者的身分認同問題。對於鄰國假想敵的曾經真實的想像，在此時的時光，出現新的反諷寓意。這是時代自身施予小說故事的作用力。過去的饑民，現今已經無比富裕；近期的疫者亦不再渡船，而是搭乘新進空巴流轉全球各國。如此世界，宛如一村，如此單一球體如單一封鎖之城。資訊所及與未抵之地，無人能是屬地的例外。

理想的讀者不應善忘，若有祂，其實始於自然，卻也經常工於人之初惡。人對大地失去敬意，驚醒沉睡的自然之靈，在肉身未竟處，必然走向巴別塔隱喻的毀滅與離散。《綠猴劫》一書已然走過許多當下，焦慮臨戰而尚未愚昧引戰的故事，寄生於微光，支撐起時光，必然跟隨未來的當下，繼續遇見其他的讀者。這或許是葉言都先生從三十年前的故土島嶼，召喚給此時同一座鄉愁之島的訊息。

推薦序

書寫寬廣多元的展現

文・冬陽　推理評論人，臺灣推理作家協會理事長

二十年前念大學時，我在葉李華老師開設的科幻文學通識課上，接觸到葉言都先生的《海天龍戰》（即《綠猴劫》）。彼時是我小說閱讀量最大、類型最雜、語系文化最多元的時候，加上自課堂習得創作發展的脈絡與解析的方法，於是在準備好本科課業、沒跑社團活動的空檔，盡窩在寢室與圖書館，書一本接一本讀個不停。

我因此養成了一種閱讀認知：每一部小說、每一個故事都自成世界，卻也與其他作品互通聲息，並且朝不同時空的讀者傳遞訊息。然而，或許是

方便宣傳行銷與評論爬梳，於是為作品下定位、貼標籤，構築出各色牆垣邊界，甚至賦予讚賞褒揚的經典位階——這看似善意的閱讀指引，是否限縮了其他可能與想像？

《海天龍戰》一書雖然是在科幻文學通識課上讀到的，但全書收錄的各篇小說屢屢帶給我科幻類型以外的觸發，評論者多會收斂闡述「這就是科幻書寫涵蓋面向寬廣的展現」，我則以相對的發散觀點視其為「作者書寫寬廣多元的展現」。在時間的軸線上有意識地拋灑各類議題、技術、思維，從而探究人的行為及其意圖與本性的交互影響，是讓我讀得深刻、驅使自己動腦去想的核心力量，在我第一次拜讀的二十年後、該書第一次付梓的三十年後，這股魅力依舊不減。

很榮幸在這個時刻與這個版本上，用一介當年深受震撼的書迷、今日稍有談論文學創作的身分，推薦這本書。

推薦序

具有可能性的文學

文・張東君 科普作家

我曾經在幫別本書寫總導讀的時候講到科幻小說，是指「具有可能性的文學」（在科學上也許將來有一天會實現）。其實不只小說，從漫畫、動畫、到書籍、電影等等，只要是有「科幻」兩個字都是一樣。不論作品好壞，總是能刺激、激發讀者的想像力。我的最愛，一部用來辨識年齡層的英國木偶劇《雷鳥神機隊》就是很好的例子。這部科幻劇於一九六五年誕生於英國，描述的是二〇六五年的國際救援隊。由於日本至今仍有許多人熱愛這部重播數次的偶劇，在二〇一三年時位於東京的科學未來館便在暑假期間舉辦一場為期兩個半月的《雷鳥神機隊博覽會——世紀的特效所描繪的我們的未來》。展覽中的一部分，是把劇中展現的「想像」有多少已經實現，還有多少仍待繼續列了個表。其中還有些已經實現的發明，是日本的科學家在小時候看了這齣劇深受啟發，立志要做到，並且真正達成的。那就是為什麼它會是個經典，因為，作品中的想像是基於嚴謹的科學查證所做的推測，而不是天馬行空地胡寫一通。

出版於三十多年前的《綠猴劫》也是如此。我們看著「小說」，卻赫然發現好像可以對號入座；書中的情節，和最近發生的時事是如此相近，讓我們幾乎誤以為作者是個預言者。於是在看故事的同時，也心生警惕，深切希望作者筆下的情節只存在於書中。不管出門時有沒有帶口罩、會不會戴口罩，帶上這本書好好看，一定沒錯。

第三次出版　自序

科學離不開幻想，藝術離不開真實。

——納白可夫（Vladimir Nabokov, 1899 ~ 1977）

這本書被歸類為科幻小說，原名《海天龍戰》，現在是三十二年來的第三次出版。全書五個故事，其中一篇曾被退稿，兩篇先後參加過時報文學獎科幻小說徵文比賽，結果一篇落選，一篇成為首獎作品。世事難料，竟至於斯。

我本是凡人，生在人世間，只因學了一輩子歷史，待了半輩子新聞界，習慣於看到、聽到、接觸到古往今來各式各樣的人類行為。看得、聽得、接觸得多了，根據經驗，變成不再完全相信人間表面的景象，而喜歡追究表象下到底隱藏著什麼。雖然同時早已知道世事難料，但仍然有試著料一下的興趣與動力。

人類這種動物，有很大一部分傾向說一套做一套，習慣於隱藏真實的企圖，尤其能成功掌握權力的人，更是如此。成功掌握權力的人必然有許多追隨者，因此能夠一呼百諾，集合團隊，建立系統，訂定制度，研發科技，於是，這種體系的真實企圖往往被隱沒。

然而，無風不起浪，事出必有因，涼風起於天末，冰山也有一角浮出水面，只要仔細觀察，合理推理，仍有希望層層剝除表象，追出可能的答案。所以……

說穿了，這本書的內容其實是我觀察與推測人心、人性的紀錄，用的工具是科技可能的發展。由於寫在三十幾年前，書中使用的工具，是當時的工具。依據三十幾年前科技發展的狀況，我將推測人心與人性的工具設定為氣象、罕見的致病微生物、具有遷移習性的鳥類、特殊功用的藥品等。

大氣的變化受物理定律支配，微生物和候鳥是生物，有求生存的本能，這些都是自然界的一部分；然而人類為達到本身的目的，永遠在嘗試以人為的力量改變自然，發明特殊功用的藥品正是企圖改變自然的一個案例。從這個觀點看，人類文化中永遠存在著自然與人為兩個領域之間的介面，介面兩邊互動的關係，也永遠深刻影響著兩邊本身。對於文明短暫、智力有限的人類而言，這種互動不易理解，充滿神祕，散發讓人探索的魅力。

我是在寫作本書的過程中才了解這些的。寫作〈高卡檔案〉時我二十七歲，尚未結婚。寫完最後一句，放下筆以後，一個微小的念頭忽然像幼芽般冒出來：我寫這個算洩漏天機嗎？如果是，我又會怎樣？從此一絲對自己未來隱隱約約的感應，便在獨處時偶然會冒出來。果然，後來我成為僅有兩個女兒的父親。

從此以後，每當用紙筆將這些故事的思緒化為文字時，我常有一種感覺，自己可能不知不覺地觸動某些神祕的開關。我寫作本書的後三篇時，面對生物戰、氣象戰這些極可怕的事，這種感覺每每油然而生，使我充滿感動、敬畏與戒慎恐懼。這種感覺在寫到某些段落時特別強烈。〈我愛溫諾娜〉寫到一半，忽然有靈感，回頭寫前言「無比壯麗的自然力量，誕生在副熱帶的海洋上……」，寫著寫著，心情激動，身體顫抖，不得不暫時停筆。〈迷鳥記〉寫到「面對這隻勇敢的海鷗和牠腳下因為逆光而波紋粼粼，金芒萬道的海水……」時，我熱淚盈眶。

書是寫了，三十多年也過去了，世事依然難料。〈高卡檔案〉男主角吳永浩將軍的辦公室在大樓七樓西側，我擔任《中國時報》財務長時的辦公室，竟然也在時報大樓七樓的西北角。今年以來世事的變化，更讓人體會宇宙間的一切真正難料，確實難料。最近這段時間，三十多年前那些紙面上的東西，據某些朋友說，看上去居然有點要活起來的樣子，於是這本書就這樣第三次出版。五個故事猶在，只是書名改，排列次序也略作調動，改為取原來第三個故事的篇名，稱為《綠猴劫》，以在這個時候，紀念這篇雖告徵文比賽落選，卻是上承前兩篇舊緒，下起後兩篇新猷的關鍵之作。如果要選出本書之「眼」，或者以八字命理尋找本書的「用神」，我推薦這篇。

三十多年了，在二〇二〇年庚子之春這個時刻，我誠摯地希望這本書的讀者體會：這不是一本好玩的書，書裡說的一點都不好玩，接觸到這個領域，千萬要抱著嚴肅虔誠的態度，只因：

科學背後有幻想；但在宇宙間，我只能永遠懷著敬畏的心，順著我的感應，不斷追求真實。

葉言都　二〇二〇年春

亞洲東部文化悠久，歷史綿長。
無數消逝的歲月裡，或許有這樣的事發生過——

古劍

北海之濱有座高山，山上終年冰雪縈繞，狂風怒號。山腳下一處偏僻的岩洞裡，住著一個青年劍客。

青年劍客已在這裡住了七年。前四年他隨著師父習武，由於他在拜師前就有一些武學的基礎，加上勤奮努力，四年之間，武功進步很多，成為師父最得意的弟子。

就在第四年夏天，師父召集所有的徒弟，告訴大家他自己決定歸隱異邦，不再過問中原武林的事，而他們也都習武有成，可以下山了。

徒弟們在一陣議論紛紛後分別收拾行李，盤算下山後的計畫，然後拜別師父，各奔前程。

只有這個青年劍客早已立定為天下蒼生打抱不平的任俠之志，因此覺得自己的武功仍然不夠，還不能就此面對山下的世界。他左思右想，在眾人走後的一個傍晚，長跪在師父住的洞門口，請求留在師父身邊，繼續修練。

他的師父沒有回答。黑夜漸漸滲進石洞，沉寂延續到大半個晚上。天快亮的時候，師父終於長嘆一聲說：

「唉，我在中原收徒數十年，始終沒有發現什麼可造之才，本想就此遁跡海外。想不到臨走之前，還能見到一個有心的人。也罷，本門的劍譜和祕圖，我竟是不用帶去了。你進來吧。」

於是師父領他走進洞裡最深的地方，從一條石縫裡拿出一個古舊的布包。師父把布包放在石桌上，鄭重地對它拜了三拜，才把布包交到他手上，告訴他說：

「從今天起，你就是本門第二十六代的傳人。這裡面是本門鎮山的劍譜，從不輕易示人。我看你有此慧根，可以傳授，就交給你了。我走之後，你照著練習，以你的天資，少則兩年，多則四載，必有所成。至於包袱的反面，那是一幅本門祖傳的祕圖，你要好好參詳。如果你有這個命，能看懂歷代師祖都沒有看出的祕密，就能找到一把古劍。那可是一把上古的神兵，切金斷玉，削鐵如泥，配得上本門傳人的地位。」

師父說到這裡，仰頭看一下天色，才繼續說：

「時辰已到，你我就此別過，你好自為之，本門在此地的將來，就看你的了。」

師父說完，站起身來，頭也不回地向洞外走去。青年劍客錯愕了一下，師父已經走到洞口。青年劍客狂呼挽留，但師父堅定的身影終於消失在黎明前最深沉的黑暗裡，只剩夜晨相交之際混沌的狂風，兀自吹個不息。

以後的三年，青年劍客嚴守師訓，獨自在山上苦練。他每天五更即起，一個人爬到山巔的雪地裡，打坐運氣，縱躍跳彈。上午他奔走十里的路，到山下的村子裡替人打工，賺取微薄的工資，維持起碼的生活。吃過簡單的午餐後，他回到山上，以整個下午的時間專心練習劍法。晚上在山洞裡微弱的油燈下，他反覆展讀劍譜，揣摩祕圖。有時冬夜奇寒，獵來的獸皮都無法保暖時，他往往大吼一聲，挺身出洞，在疾風大雪中把本門的武功一遍遍地演練。每次練到最後他都漸漸忘記寒冷，在這片嚴酷的土地上達到天人合一的境地。

這樣過了三年，青年劍客把劍譜與所有的招式演練精熟。當他施展出來的時候，招招連貫，一氣呵成。他自信如果與人對敵，這長江大海般綿綿不絕的劍勢，任何一個高手乍一面對，都只有被迫嚴密防守的分；而在把敵人壓制到頂點時，劍譜裡的最後一招也正好出手。這一招人先縱身而起，藉下墜之力直指對方要害，對方避無可避，除去硬行招架以外別無對策。由下向上的抵抗，自然吃虧不少，所以即使對手的功力比自己高些，也不難一擊而勝。

就在劍法練成的同時，青年劍客對那張被他看過幾千遍的祕圖也有了頓悟。他大膽地假設，祕圖上下左右各不連續的四幅小畫，實際上說的是四件事，如果簡化成四句口訣就是：

海中撈月
花香鳥語
三五之夜
兔耳所指

他雖然無法立即解開這個藏劍之謎，也決定應該到處找找，試試運氣了。

青年劍客下山了。他封閉洞門，貼身帶著劍譜和祕圖，開始孤身在鄰近的大沙漠中闖蕩找尋。

半年之間，青年劍客把沙漠幾乎走遍，最後他流浪到大漠的西南部。這是一片乾荒已極的區域，絕無人煙，地面起伏不定，凹處滿是結晶的鹽粒，在強烈的陽光下發出白花花的光芒。不久青年劍客的飲水告罄，在枯渴之中，他意識模糊地爬過一座座碎石剝落的小丘，當他終於在一座丘頂發現前面的凹地中有一泓泉水時，他只是跌跌撞撞地向它奔去，已經忘記考慮這是不是海市蜃樓的幻影了。

幸運的是，這泉水是真的。它靜靜地臥在裸岩黃沙之中，呈現一個完美的新月形。泉水旁邊叢生著垂楊檉柳，開滿香味撲鼻的野花，當青年劍客仆倒岸邊，以口就水，牛飲起來的時候，一群水鳥受到驚嚇，紛紛展翅而起，繞著小湖一圈又一圈地高叫飛翔。

青年劍客喝夠水之後，體溫降下，意識慢慢恢復，疲倦也隨之而來。他滿足地躺在幾棵棗椰樹的陰影下，沉沉睡去。

他醒來已是傍晚，毫無雲彩的藍天正開始轉暗，蒼穹之下，沙漠之中，逃過渴死之劫的青年劍客深深感到做為一個劍客的孤獨。他站起身，回頭走上這片凹地外緣的高處。

暮色中腳下蒼黑的新月形水面被沙漠的晚風吹起一陣陣漣漪，再看其他各個方向，都是綿延不絕的巨大沙丘。西方的沙丘被夕陽的逆光一照，輪廓模糊，層層疊疊，更顯得一望無垠。眼前起伏的沙漠，使青年劍客由海中起伏的波濤想起他在東方海濱的老家，和家中兒時的生活。他點點頭，無限感觸地自言自語道：

「難怪沙漠要叫做『瀚海』……」

他的話還沒說完就突然打住。他轉身再端詳一次即將消失在夜色中的新月形湖水，雙膝一屈，跪倒在逐漸閃亮的繁星下餘溫猶存的黃沙上。突現的靈光，使青年劍客想到祕圖上「海中撈月」的一句，可能不該從字面上解釋成大海或大湖中月形的島嶼；正好相反的，它指的是瀚海大沙漠中一個充滿鳥語花香的月形湖泊！

青年劍客背出祕圖口訣的後兩句，猛然抬起頭來，才發現群星澄亮，天已快要完全黑了。他想馬上憶起這天是什麼日子，可是徒勞無功，奔走太久，他竟連日子都忘得一乾二淨，但這一定是最後的關鍵。「三五之夜」當然是指十五月圓的晚上，那麼祕圖上後兩句話的意思是否可以立刻知道，就要看今天是幾號了。

青年劍客強壓下狂烈的期待，悄悄回到湖邊。憑他的武功，沒有費多少力氣便捉住一隻棲息在水旁的灰雁。他殺死這隻鳥，用牠做了晚餐，然後坐在已經冰冷的沙上，向天上凝望。

月亮這時已經出來，青年劍客發現這天的月亮不到上弦，只亮了少半個。起初他有點失望，因為這表示他必須在湖邊等好幾天，謎底才能揭曉；可是當他無聊地低下頭來，月下的湖水映入眼簾時，他才發現自己的運氣可能好得出奇。

原來青年劍客這時正在湖的東北岸，從他的位置看過去，新月和湖的形狀竟然極為近似，連兩端彎曲的角度都一樣。沙漠裡乾燥澄明的空氣，使新月纖毫畢現，蟾宮中的玉兔也已出現了一小部分。青年劍客就此悟出祕圖裡最後一句話的意思：那「兔耳所指」，豈不就是指月圓時以月中玉兔的耳朵為標點，投在新月形湖泊附近相對的地方嗎？青年劍客高興得在湖邊大呼狂奔，驚起了葦叢中露宿的水鳥，也攪動了月光裡氤氳的花香。

以後幾天，青年劍客在月形湖泊的兩個尖角間用石塊堆出一條圓弧，做成滿月的樣子，又在湖岸相當於月中玉兔的位置逐日放置石頭做為指標。白天他打獵採果，補充糧食，晚上就對著日漸圓滿的月亮修正石塊，一心等待即將來臨的決定之夜。

月亮終於圓了。這晚湖邊的景色特別美麗，上半夜微風吹動草木，發出細碎的聲音，沙地上樹影搖動，水面銀光跳躍。夜深之後，風靜止下來，月光輕柔地灑滿湖區，樹葉停止搖擺，一切安詳和平，完全看不出這兒是沙漠中僅有的潤澤之鄉，而湖盆邊緣之外，仍是毫無保留的，荒旱嚴酷的沙漠。

青年劍客用這幾天做成的簡陋工具開始挖掘。他選定兩個位置，分別是玉兔兩隻耳朵所指向的，滿月時月亮形狀區域裡最外緣的一點。他相信與月亮的盈虧比較，這兩點是地上月圈中唯一在三五月圓之夜才被納入範圍的地方，必然有特殊的意義。

玉兔右耳所指的一點，地下的沙是溼的，再挖下去就冒出水來。青年劍客雖然繼續挖了一段時間，卻什麼也沒有找到，於是他爬出沙坑，奮起全身餘力，向另一個標點努力。

這次情況完全不同。移走許多乾沙後，地下出現一片岩石，青年劍客的工具無法挖破石層，只得擴大坑底，尋找這塊石頭的邊緣。忽然，他發現靠月圈內側的石頭邊垂直向下，極為平整，像是曾被削砍打磨過，絕非天然生成。他大喜過望，撫摸岩石的雙手不知不覺猛力一按，一條直角的長形石緣應手而落，底下是個凹槽，槽裡露出一片淺色的絲織品。

青年劍客伸出顫抖的手想揭開絲綢，但是手剛剛碰到，綢緞竟碎成細粉，在不知什麼時候又颳起的夜風裡滿天飛舞。青年劍客曉得這必然是埋藏千百年的古物，才會形猶存而質已滅。他屏息等待，絹灰散盡之後，曙色之中，青年劍客看見石槽裡躺著一柄形式奇古的長劍。

青年劍客正心誠意，恭恭敬敬地向古劍跪拜行禮，然後雙手慎重地把劍連鞘拿起，對著沙漠的朝陽，拔劍出鞘。

古劍色呈灰黑，質樸厚重，給人大巧若拙的感覺，近劍柄的地方有兩個看不懂的古字，應該是這把劍的名字。青年劍客持劍面東而立，按照師傳的心法，抱元守一，斂氣凝神，然後大喝一聲，施展出本門劍法，一招一招地練起來。

有了這把上古的神兵在手，青年劍客覺得練起來特別順利，每招都發揮得淋漓盡致，從頭到尾，一如江水歸向大海，奔流不息。當他縱身而起，使出最後一招的時候，簡直感到古劍和自己已經合為一體，本門武學的精粹，盡在於茲了。

第二天，青年劍客向這小小的綠洲告別。這是一個只有他和不知多少年前那位埋劍的師祖共享的祕密。雖然停留不到半個月，他卻已對這裡的一草一木生出感情。青年劍客臨別依依，他把祕圖放進石槽，蓋子小心地蓋上，沙也堆回去，又到新月形的湖中沐浴乾淨，才整裝出發。

兩個月以後，青年劍客來到中原。一路上，他從荒無人煙的沙漠，穿越半乾的草原，進入城廓林立、農田遍野的文明區域；從僅有風嘯沙吟的曠野，經過牛鳴馬嘶的牧地，到達人聲盈耳的城市；也從只被赤裸的自然法則支配的化外，逐步走入在弱肉強食、優勝劣敗的本質外面，披著愈來愈厚偽善外衣的十丈紅塵。

青年劍客感到這是他一展抱負，行俠仗義的地方了。起初他抱定多用耳少開口的原則，一邊到處替人做零工，一邊聆聽人們的傾訴。漸漸他發現，有一個外號叫做「中州毒龍」的惡霸，最常成為受欺凌的善良百姓口中痛苦的來源。青年劍客每聽完這樣的訴苦與嘆息，都把它記在一本簿子裡。一天晚上，他在小客棧的油燈下翻閱簿子裡中州毒龍惡行劣跡的紀錄後，確定是行動的時間了。他拔出古劍，細細地上油擦拭，準備開始手持這把上古的神器，誅盡天下惡徒。

又過了幾天，一個殘月將沉的晚上，四更時分，青年劍客準時找上中州毒龍的老巢飛龍山莊。他完全沒有把山莊四周的暗樁放在眼裡，在由遠而近的幾聲慘叫後，幾個起落，便氣定神閒地傲然站進了山莊前寬敞的院落中央。院子四周高掛的許多風燈，在他身體周圍投下一圈放射狀的淡影。

山莊裡殺氣猛然高漲，各處黑影晃動，忽然幾個勁裝大漢從青年劍客背後的方向飛身撲出，大刀花槍齊上，一語不發地紛紛向他砍殺過去。青年劍客不慌不忙地揮動一柄銀光閃閃的長劍，轉過身來一下子就把幾條大漢刺倒在地。四下人影暫退，殺氣卻更加濃厚，突然山莊正堂的大門緩緩打開，二十幾個人一語不發地魚貫走出，分列兩旁站定，最後出現一個身披斗篷，又矮又胖的中年漢子，燈影裡看不清他的面目，但自有一股懾人的威風。中年漢子沉聲說道：

「閣下留書挑釁，又果然單身赴約，在下十分敬佩。但不知為什麼非得跟我過不去不可？」

青年劍客右手拋掉平常使用的普通青鋼長劍，左手從懷中掏出一本簿冊，握在手中揚了一揚，中州毒龍的手下紛紛側身閃避，只有中州毒龍屹立不動。青年劍客不屑地說：

「我有所不為，所為則必有原故。簿子裡記的事，我會在你的墳前燒給你看。」

中州毒龍右手一抬，旁邊立刻有人為他解下斗篷，捧上大刀。他拔刀在手，突然罵出一連串的髒話，大刀跟著揮出，這是他使敵手分神的典型打法。青年劍客對此卻早已洞悉，在中州毒龍拔刀的同時，古劍出鞘，以先於對方毫釐的時機出招，搶到了先機。

一切正如青年劍客所料，他迅如奔雷的劍法，迫使中州毒龍一上來就處於守勢。青年劍客愈打愈順，劍勢如行雲流水，前一招尚未用老，後一招接著遞出。中州毒龍忙於應接，兩次不得不以刀架劍，大犯高手過招之忌。

青年劍客一面為自己縝密策劃的戰略和本門奇奧的劍法得意，一面在刀劍兩次碰撞之後，也對中州毒龍的大刀仍然完整無損起了一絲疑念；可是劍勢一動，雙方又是以快打快，實在無暇細想。不久中州毒龍的刀法漸呈支絀，青年劍客乘機大喝一聲，猛然縱身而起，最後一招出手。

中州毒龍大驚失色，感到頭頂上無比的壓力從天而降，四周已經無處可避。絕望之下，只得凝聚全身功力，單刀平舉上架，做困獸之鬥。

一聲奇大無比的金鐵交鳴響過，兩條人影倏然分開，一個重重地摔倒在地，只抽動了兩下就不再掙扎；另一個鮮血染紅了大半段右邊的袖子，雖然已經握不住大刀，卻總算躲過殺劫，挺立未倒。

四下裡出現一陣短暫的寂靜。月沉星暗，一隻受到驚嚇的燕子沖天飛起，淒涼的叫聲只發出第一個音，就被同時發自院落各地，像海濤一般的歡呼聲淹沒。中州毒龍的幾個親信從驚愕中醒轉，馬上跑來為他裹傷、拾回大刀，他也馬上被潮湧而來的諛辭包圍。

一片雷動的歡聲中，青年劍客仰天死在乾硬的黃土地上。前額上有一條又橫又深的傷口，鮮血之外，可以看見白色的顱骨和腦漿。他右手還緊緊握著半截斷掉的古劍，至於被砍掉的劍尖，早已不知飛到哪裡去了。

中州毒龍的另一些手下逐漸圍聚在青年劍客屍體四周。一個花白鬍鬚，乾瘦矮小的老頭首先彎下身去檢查，他費力地扳開青年劍客的右手手指，抽出斷掉的古劍。他正要把斷劍隨手放在地上，卻在接近劍柄的地方發現兩個篆字。老頭子瞇著眼睛看清這兩個字，不覺發出「哎呀」一聲，立刻提著斷劍跑到中州毒龍面前。

幾個親信紛紛讓開，老頭子雙掌捧上斷劍，恭敬地對中州毒龍說：「莊主請看，這劍柄上的兩個古字，是『徑路』呀！」

「哦？」

「古者，匈奴單于有寶劍，其名『徑路』，後於大漠中為漢人得之，即潛隱不現，大概就是這把劍了。它可是秦、漢之間的古物啊。」

旁邊隨即有人接道：

「當家的武功高強，天生神力，什麼寶刀古劍，還不是一砍就斷……」

中州毒龍擺手打斷他的話，低頭細看了一會，忽然仰天狂笑，笑聲穿透晨曦，使其他的人語全部停止。笑完之後，中州毒龍伸出左手拍拍老頭的肩膀，拉過他來，以只有他們兩個人聽得見的聲音說：

「師爺，沒事啦。這小子的武功真不差，能找到這把劍，更算他有心；只是他忘記了，一千多年以來，冶鐵煉鋼的技術進步了多少。」

（一九八七年一月三十日《中國時報》人間副刊）

時光流轉，世事滄桑。古人手中的刀劍，漸漸變成今人的槍炮、飛機、戰艦、毒氣、細菌、飛彈、核子彈、殺手衛星、主義、宣傳、洗腦、跨國公司、全球通訊社、網路病毒和……誰也不知道還會有什麼。

或許，這樣的幾個故事，也可能在這個世紀發生吧。

綠猴劫

一、弟弟

一九八四年八月六日上午三時四十二分

編號第十六號的猴子在經過十二個多小時的掙扎後，終於死了。這是一隻大雄猴，在我們飼養的猴群裡，牠是王。老實說，我還滿喜歡這個身強體壯、自以為是的傢伙；只是實驗進行到這個地步，總得找一個最健壯的標本來試一次，牠才倒了霉的。因為我們必須知道，猴子對綠猴症的抵抗力，個體的差異最大可以到什麼程度，這似乎是我們在推測綠猴症的致死能力時，到目前為止唯一可行的辦法。

夜正是最深沉的時候，慘白的日光燈照著第二隔離觀察室裡的一切：一個盛滿番薯、水果的鋁製食盆、一個半滿的鋁製水盆和一個蜷縮在一角的猴屍。死猴子呈現出典型的綠猴症症狀，身體上黏膜和皮膚裸露的部分，像眼眶、嘴、臀部、生殖器等地方，全部嚴重腫脹，沒有一點血色，蒼白的浮腫上，卻可以看到一絲微微的綠色，就是這種恐怖疾病得名的由來了。不用解剖我也知道，牠的內臟一定大量出血，肝、脾、腎都已經遭到病菌嚴重的破壞；不過牠能撐到這麼久，還真教人佩服。綠猴症可以由食物及空氣傳染，空氣傳染時發病尤其猛烈而迅速，從前牠的子民被拿來做空氣傳染的實驗時，很少有人能捱過八個小時的。

牠這一死，那些食物和水又得照例仔細銷毀了。雖然明知感染了綠猴症的猴子，痛苦得絕對不可能再去碰那些牠們一向喜愛的食物，但我每次還是為牠們準備，畢竟在人類的社會裡，臨上刑場的犯人也有一頓飽餐啊。

我關掉燈，在黑暗中點起一支菸，走到窗口。黑沉沉的海正在窗外的懸崖下面隱隱起伏著，看得見一波波撞上岩石的白色浪花。我推開窗戶伸出頭去，看到對岸本島岱屏市的位置，只剩下幾點稀疏朦朧的燈光，向左搜尋，尼魯人村子的方向卻是漆黑一片。文明人和土人都睡了，只有我們這一小群孤獨的研究人員，還得三更半夜在小島海邊的研究室裡，對著一具猴屍繼續工作。

我們這個單位，名字是國立熱帶生物研究所啟明島分所，但那只是個掩護，實際上我們和大學與研究機構裡那些同行的學究們絕無往來，甚至他們根本不知道他們的研究所名義上還有這個分部；然而我們能立即讀到他們一切的論文和報告、世界各地的學術著作，只要和我們的研究有關的，上級都會為我們盡快弄到，有時不長的乾脆就用電傳打字機傳來。這裡的伙食很好，自備有發電機和水井，醫療設施足夠，直接降落到所裡的直升機，永遠帶來超過我們需要的補給品，我們優厚的薪水，幾乎沒有地方可花。

當然舒適並非沒有代價，這種研究是要冒險的。綠猴症過去被認為是猴子的一種傳染病，猛烈而頑強，死亡率高達百分之九十以上，但對我們更重要的是，它極為罕見。到目前為止，這種病只在西太平洋地區幾個島嶼的猴子身上發現過，似乎也從未引起學術界的重視。我翻過許多年的各種學報、論文，只在一本發行極為有限的獸醫學報裡，找到過一篇語焉不詳的報導。可是我們這個團體的每一個研究人員，在經過徹底的研究後，都一致同意，綠猴症是一種靈長目動物的病！換句話說，它可以傳染給任何一種猴子、猿類和人。過去沒有規模比較大的流行，只是它發生的地點太過偏僻隔絕而已。

最初，我們的主任也是在一個偶然的機會裡，發現這島上的猴子有這種怪病的。他不知怎地靈機一動，弄來鄰近地區的馬來獼猴、臺灣獼猴、日本獼猴繼續實驗，結果這些猴子一一感染，這使他精神大振，決心擴大研究。他說服上級，建立起這個研究所，並且選了我們這批人來，一道冒險實驗。

主任常常跟我們說，生物戰是現代戰爭中極可能出現的一種形式，任何國家都得有所準備。蘇俄和美國固然每年都投下大量的經費和人力做這方面的研究，就連我們的敵國加西亞，也在全力向這方面發展。據說加西亞的生物戰劑製造中心規模十分龐大，像鼠疫、傷寒、霍亂這些傳染病的細菌，都有專門的工廠製造，他們還生產黴菌、炭疽菌，甚至提煉濃縮的蛇毒。所以我們必須趕上他們，否則任何其他的軍備都可能變得毫無用處。

當然，我們有把握趕上他們。這話絕不是吹牛，因為在理論和實際上我們都有根據。理論上說，真正無法防禦的生物戰劑，是一種人類從來沒有遇到過的細菌或病毒。當敵人受到這種戰劑攻擊時，他們必須花一段時間才能化驗出病原體，等到找出治療和免疫的方法時，大部分人早就死光了。所以我們不怕加西亞製造霍亂菌、鼠疫菌，因為我們已經有疫苗、藥物和消毒劑等著它們；可是只要我們製出一種他們從未接觸過的病原體，再做好預防自己人感染的疫苗，那生物戰的勝利就是我們的了。

於是這就牽涉到實際問題：絕對嶄新的病原體到哪裡去找？這個問題一直困擾著我們的上級，等到主任在這鬼島上發現了綠猴症，才算透出一線曙光。對他來說，早期的調查簡直是玩命，但他的警覺性很強，一旦發現這是一種有希望的傳染病之後，立刻採取各種隔離和預防措施，同時找了一小批像我這樣不怕死的同志，跑到這個島上來。

我們同心協力，在奉獻自己、探求新知、擊敗敵人的理念下努力工作。兩年以來，我們的險沒有白冒，汗沒有白流，現在除去獼猴以外，我們還用恆河猴、美洲猴、長臂猿、黑猩猩這些動物做過實驗，每一種都得到成功。今晚犧牲掉的這隻土產啟明獼猴猴王，又提供了在一種動物裡，個體對病菌抵抗力差異問題的一個好例子，我們距離成功不遠了。

然而在這樣一個夜裡，工作的昂奮在預定的結果出現後漸漸消失，取代的是疲乏和不耐。這個島實在太小，除了永無休止的濤聲和海邊遍地的多刺植物外，只有那些依舊停留在原始狀態的尼魯人，說著嘰哩呱啦南蠻鴃舌的土話，每天昏頭笨腦地不知做些什麼蠢事。小島中部的山區裡則是一片叢莽雜林，人跡罕至，藏著大群的猴子。我們裡面大概只有負責猴子的老李在這裡是得其所哉，他原來就是動物系畢業的，找不到工作才來這裡，他的差事就是上山抓猴子，申請買猴子，弄來之後小心伺候，以供我們實驗。他學有專精，每隻猴子猴孫都被他餵得肥肥壯壯，洗得乾乾淨淨的，而他閒來無事時最有興趣的，卻是撮合那些猴子做愛。這件事漸漸成為同事間的笑柄，有人說他心理變態，說不定那天弄得真了，會找隻母猩猩玩玩。

想到老李和他的猴子，只讓我輕鬆了幾秒鐘，某些因為工作而沉澱到腦海底層的前塵往事，又一一浮現出來。我原是學傳染病病理的，微生物也念得不錯，碩士學位早已到手，博士論文的實驗也做了一大半。誰知就在這時候，為了研究方法和指導教授吵了一架，他惱羞成怒之下，竟然向學校當局說我的研究方法有不道德的地方，學校那批老頭子信了他，我只得走路。我的父母親早已過世，唯一的哥哥那時正在美國念書，女朋友也投向別人的懷抱，我退學之後立刻收到徵集令，還得從小兵幹起。

但我的運氣並沒有壞到極點。快退伍的時候，主任發現了我，一談之下就把我聘到啟明島來。到了島上以後，我發現這裡的同事全是相關學門的專家，也都有一個和我類似的故事。我們都簽下志願書，發誓保守祕密，並且同意不論發生任何意外，都毫無怨言，也不讓外界知道。我們儘量少和外界通信，即使是家書，也絕口不提工作的內容和地點。兩年以來，我只在休假時和已經得到人類學博士、從美國學成歸國的哥哥見了短短一面。這裡沒有滿口仁義道德的迂闊夫子，我們很快地打成一片，在島上西北角的研究所裡，拋棄過去一切的包袱，沒有禁忌的研究，這才是真正的研究。

現在我對綠猴症的威力已有把握，我們也製造了不少這種細菌，研究計畫接近完成。當然，誰都知道要打百分之百的包票，除非是找個人來做一次實驗，可是每個人也知道，我們不可能做出這樣的事，我們不是科幻電影裡的瘋狂科學家。

這裡的工作雖然有意義，工作以外的時間卻極為煩人。綠猴症的恐怖大家都清楚，一點點細菌的漏失都可能使自己變成實驗品，所以無所不在與永不間斷的預防措施和應變演習，就幾乎占滿了我們所有的時間。所裡不准喝酒，也沒有女人，又禁止和任何到島上來的本島人交往，各種運動器材和益智遊戲，就是上級為了給我們打發時間而準備的小孩子玩意。

可是要不了多久，像我們這樣的一批一時之選，就紛紛找到獲取所需的路子。最普通的就是用香菸和日用品到尼魯人的村子裡去換。這些土人窮得要死，卻又嗜菸好酒如命，偷帶些東西出去，弄幾竹筒他們自釀的椰子酒和個把女孩子，絲毫不成問題。管培養的山豬和管機電的老黃就是此道高手，而山豬買通尼魯人的東西，竟包括他用來培養細菌的洋菜培養基，他說只要加上一點糖水果汁就行了。主任後來也知道了一些，但可能想到政府規定尼魯人不得離開啟明島，便睜一隻眼閉一隻眼地算了。

我也跟他們去過一次，可是那經驗並不很好。我的需要，不是那個髒兮兮的尼魯女人美妃（不知是誰給她取的文明名字？）所能滿足的，看山豬和老黃滿口胡言亂語地從背包掏東西的樣子，更使我有勝之不武的感覺。

在這個天將破曉的夏夜，在他媽的滿天繁星和盈耳濤聲的包圍下，我真的只想要一個盛裝的文明美女、一瓶好白蘭地和一間桌上鋪著深紅色檯布的餐館。

我終於打開燈，拿出一張我為這隻猴王生前所拍的照片貼在記錄簿裡，然後把手伸進兩個房間之間的雙層膠質操作手套中，抓起死猴子，繼續我未完成的工作。我知道，我該回本島休假一次了。

二、哥哥

一九八四年八月十二日上午十時

小飛機從岱屏機場拉起，不到一分鐘，我已置身湛藍的太平洋上。太陽在前面上方，一片蒼翠的啟明島，則在機前下面，看起來不遠。島嶼西岸的輪廓深深吸引住我的視線，我終於又要到啟明島去了。

研究人類學的人不能離開田野工作，是我一向相信的鐵律；然而除了暑假以外，我卻必須在繁華喧鬧的首都教書。春天時候，首都經常下著雨，首都大學的教室裡，充滿了雨水和年輕人汗水的氣息。我在課堂上每說一次田野調查工作在文化人類學裡的重要性，都能發現臺下為數不多的學生，幾乎每個人眼睛都亮起來。學期快結束的時候，有一次我又提到這事，學生們乾脆問我：

「老師，我們什麼時候去啟明島？」

我深深感到得天下英才而教之的喜悅。念我們這一行的，無人不知在國內要做原始民族調查，現在只剩下啟明島上的尼魯人了。

啟明島孤懸在我國東岸的太平洋上，南北長約十六公里，東西寬約九公里，離本島最近的岱屏市約七十公里。島上的土著民族尼魯人，屬於大洋洲人種，現在約有一千人左右。這個小島一直是管制區，凡是本島最不受歡迎的東西，都會被搬到這裡來。重刑監獄從前在島的東南角，後來核能發電大行其道，犯人就被遷離，代替他們的是核子廢料。島的北邊是一片懸崖，上面有雷達站和氣象站，西北角還有一個據說是研究性質的單位，每一處都警衛森嚴。尼魯人的村子在西岸的中央部分，那兒有一個小海灣，港口和機場也在那裡。任何本島人要到啟明島去，都必須申請特別通行證，手續非常麻煩，核准的很少。而島上的尼魯人，也禁止離開，哪怕是和外地人結婚都不行。

這也可以說是尼魯人的族運吧，他們世代居住的地方，在不知不覺中成為文明的棄地，他們的女子，也因為不能離開小島而沒有文明人願意娶，於是他們的血統和文明奇異地得以保留。尼魯人是樂天知命的民族，他們駕著手工製造的獨木舟出海捕魚，在山裡用火燒山的方式種些旱稻和小米，只要夠吃就行。大部分的時間，都圍坐在用椰子樹和棕櫚樹幹搭成的棚子底下閒聊，要不就是收集任何找得到的金屬，細心地打成薄片，做為財富的象徵。

尼魯人的傳說和宗教儀式、成年禮節等，卻非常多采多姿，也是到目前為止我們瞭解得仍然不夠多的部分。我的老師是研究尼魯文明的拓荒者，他生前推論，尼魯人的精靈信仰中，除了自然現象、祖先、器具等等事物他們認為都有精靈之外，可能還有對猴子或猿類動物精靈的特別崇拜。更有意思的是，先師認為尼魯神話中猿猴類的動物身上，竟附有懲罰與死亡的精靈！這個假設如果證實，那它在世界各原始民族的宗教信仰中，必然能占有極為突出的一席之地。

飛機開始下降，同機的學生既興奮又緊張。他們都知道這次的調查機會得來不易，申請經費和通行證不知花了我多少時間和力氣，一半以上的暑假都用掉了，真正成行當然使他們雀躍不已。我們師生五個人此行所肩負的，是進一步瞭解尼魯文明的重大責任，而我的調查計畫是徹底採取參與的方式。我們除非必要，將不和島上的本島人打交道，而要完全與尼魯人生活在一起。

我要求學生要和尼魯人住一樣的屋子，吃一樣的食物，做一樣的工作，也要盡快學習他們的語言。我們五個人除了一般的調查外，又都有特定的研究領域。四個學生中，一個以學習尼魯人的技藝為主；一個對音樂有興趣的，負責採集尼魯人的民歌與舞蹈，兼學做他們的手工藝品；唯一的一個女生要訪問尼魯婦女，瞭解她們的社會地位、婚姻習俗和育嬰方式；

另一個學生和我自己，則以尼魯人的神話、信仰和宗教儀式為目標。我們只能在這裡停留六個星期，大家都必須在最短的時間裡調整身心，適應環境，使尼魯人信任我們，接納我們，這樣才有可能在研究結束時，勾畫出尼魯文明的形貌。

啟明島機場只有一條泥土跑道，小飛機顛簸而吃力地落地，慢慢滑行到一幢簡陋的木造候機室前停下。我第一個跨出飛機，深深吸進一口帶有鹹味的新鮮空氣，然後和魚貫下機的學生一起搬出行李。在我們前面，啟明島以豔麗的陽光、輕軟的海風、翠綠的山巒和煩苛的機場檢驗手續迎接我們。

等待檢查行李的時候，我掏出太太和孩子的照片，再看他們一眼。做為一個丈夫和父親，我為在暑假期間隻身遠離深感內疚，從這個嚴格管制的島上，大概也沒法寄出除了問候以外的信給他們。我決定回去以後要好好陪陪他們，最好還能讓我那不知在哪個祕密單位工作的弟弟也一道參加。我和他都忙的結果，兩年中只見了一面。

我們終於通過檢查。邁出機場辦公室的門，我領著學生向北邊不遠的尼魯人村子走去，不久每個人都出了一身汗。我不經意地抬起頭擦汗，卻發現一架海軍直升機，正從海上接近島的西北角。那裡不知是什麼研究單位？看起來，他們比我們這個研究團體有辦法得多了。

三、弟弟的故事

一九八四年九月十一日上午八時十分左右

淒厲的警報聲響起得非常突然，還伴隨著「封閉所有的門窗！這不是演習」的不斷廣播。我剛醒來不久，竟被嚇呆在寢室裡幾秒鐘，才想到抄起床邊的防護面具，七手八腳地戴上，走廊外面已經腳步雜沓，一團忙亂。平日的訓練使我很快定下神來，先檢查身邊的一切，確定寢室裡沒有可疑的東西以後，立刻鎖上門，跑向我的研究室。

清查我的研究室又花掉一段時間。依照安全手冊，警報響起後的緊急安全檢查，第一優先是查出病菌或已感染的實驗動物有沒有洩漏或走失，其次檢查各項設備是否被破壞或故障，如果自己主管的部門沒有問題，就要馬上鎖好房間，攜帶個人防護器材、武器和負責保管的極機密級以上資料，到前面的會議室集中。我拔出手槍，迅速檢查一切，很幸運地，問題顯然不是出在我的部門。當我從鐵櫃裡拿出文件時，廣播器再度響起：

「警衛組王立忠、楊達仁立刻到零號倉庫前看守，穿甲種防護服。動物組李洪年繼續清查各動物並做試驗。其他人員在檢查本身部門後立刻到會議室。注意，這不是演習……」

我跑到會議室時，一半以上的同事已經到了，大家聚集在向著大門的窗口，指指點點地往外張望。我走上前一看，陽光下通大門的走道上倒著兩個人，竟是山豬和老黃！他們的身體正在抽動。山豬俯臥在地上，只看見一聳一聳的背部，老黃側倒在地，臉朝這邊，痛苦扭曲得不成樣子，眼睛和嘴唇一片浮腫。我倒抽一口冷氣，渾身發麻。這，根本就是綠猴症發作的樣子。

我不想再看下去，抽身出來，面對的卻是防護面具後面一雙雙驚懼的眼睛。會議室一角的緊急門忽然打開，沒戴防護面具的主任和警衛組組長走了進來。小個子的主任清清嗓子：

「嗯，大家可以拿下防護面具了。」

眾人紛紛轉身，看到主任後大部分的人隨即脫下面具，有兩個遲疑了一下，才不好意思地摘掉。主任繼續說：

「我已經把動物區、病菌倉庫和隔離觀察室封閉起來，你們可以放心。現在先報告各人主管部門情形。」

大家依次報告沒有異狀。快輪完的時候，電話鈴響了，主任壓下牆上的一個按鈕，他身後的監視電話亮起來，螢光幕上戴著防護面具的老李正站在儲藏病菌的零號倉庫門口，指著地上的一隻鐵籠。籠裡有一隻尖聲怪叫的小猴子，跳上跳下地玩著，兩個警衛小心翼翼地端槍守在旁邊。主任的目光轉向我：

「吳志剛，像這樣一隻小猴子，如果受到綠猴症的感染，多久會發病？」

我感到所有的人都焦慮地等待答案。我再看一眼螢光幕，說：

「報告主任，只要劑量夠，十分鐘一定發作。劑量少的話，時間就要加倍或者更長。」

主任立刻接下去：

「好。這隻猴子已經在倉庫裡放了二十五分鐘，還沒有感染的樣子——李洪年，再把牠放回去，每隔十分鐘開門觀察一次，有情況馬上報告。」

螢幕上穿著全套防護衣的老李舉手敬禮，卻沒有人覺得滑稽。主任示意大家站近一點，他的聲音變成少見的親切和淒涼：

「朱萬山和黃煥成是昨天下午五點多出去的——這一點我會自請處分——那以後還有沒有人看見他們？」

大家搖搖頭。我旁邊管疫苗和血清的小秦忽然叫起來：

「報告主任，那他們是在外面感染的！」

一聲大叫後，他的聲音低下來：

「可是細菌怎麼會洩漏到外面去呢？」

回答他的仍是主任：

「嗯，據昨天值班的警衛說，他們走的時候，帶了一大堆過期的食物，說是要送給尼魯人；而且，零號倉庫裡有一盒細菌的位置上，現在是一盒加了糖水，但沒有用過的培養基。」

所有的人都睜大眼睛，一副恍然大悟的樣子，隨即交頭接耳起來。主任的聲音忽然提高：

「安靜！現在不是囉嗦的時候，各人回到自己的地方再檢查一次，半小時以後在這裡集合。吳志剛、秦友明，你們兩個留下。」

眾人走了以後，主任做個手勢，帶我們走到窗口才說：

「幾分鐘之內，本島來的直升機就要到了，他們不降落，是在空中摧毀那兩個人。你們兩個等下用對講機協助機員。」

他從口袋裡掏出一包菸，遞給我和小秦一人一支。小秦本來是不抽菸的，這時也接下來。我為三個人點上火，在第一口吐出的煙霧中，說出壓在心裡已久的問題：

「報告主任，山豬，不，朱萬山他們昨天晚上出去，一定到了尼魯人那裡，假如他們錯拿了一盒細菌出去而感染上綠猴症，那尼魯人的村子和機場、港口附近，都要不得了了。」

主任點點頭，眼中露出奇怪的光芒，過了一會才說：

「不錯，可是現在機場、港口都有人接電話，說他們那邊一切正常。尼魯人的村子裡只有幾個走不動的老年人，昨晚是他們的一個什麼祭典，全體尼魯人都跑到中央山地的一個山谷裡去了……」

他的話被桌上無線電對講機忽然傳來的聲音打斷：

「HN1、HN1，這是KG6，請回答。」

主任馬上抓起對講機叫道：

「KG6，這是HN1，目標離本所南端大門裡面不遠，我要這裡的兩個同志來幫你。」

軋軋的直升機聲已經隱隱可聞，我從主任手上接過對講機。直升機的飛行員聽起來是個沉默寡言的中年人，他簡短地告訴我他們帶了一桶汽油。不久直升機已經懸浮在窗外兩個人的上空，機裡另一個年輕小伙子以充滿好奇的聲音問道：

「HN1，現在就灑汽油嗎？」

主任立刻高聲提醒他注意：

「不行，你先把我們這棟建築物鄰近目標的一面噴上泡沫。」

雪白的消防泡沫從天而降，流瀉過窗子。我在窗口被遮住前，看了山豬和老黃最後一眼。他們即將因為敗德與疏忽而痛苦地死於烈火，但和綠猴症比較起來，也算是一種解脫吧。泡沫終於遮蔽了我全部的視線，我告訴機員可以灑汽油了，灑時面積要大，但儘量避免波及地面的設備，空桶和皮管絕不可以丟下。

他們報告灑完後，我忽然想起一件事，我聽得出自己聲音顫抖地說：

「KG6，你們開槍點火的時候，能不能瞄準那兩個人？」

回答我的是中年飛行員穩定的聲音，只有一個字：

「好。」

我知道主任和小秦都懂我的意思，那個飛行員也一定懂，房間裡忽然陷於一片沉默。接著，窗外的直升機聲轉大，夾著四聲槍響，停了短暫的半秒鐘，外面傳來轟然一聲，從沾滿泡沫的窗戶看出去，一片模糊的紅黃色騰空而起。

主任拿起對講機，向素未謀面但似乎已經非常熟悉的機員道謝，對講機裡傳來年輕機員的聲音：

「HN1，現在我們到北岸的雷達站去接人，等下回到這裡，應該在後面降落吧？」

停了一下又說：

「今天的任務真雜，又要防火，又要放火，接人之後還要把啟明機場的補給品送給你們，哈哈。KG6通話完畢，再見。」

主任的臉色凝重，我們也瞭解，上級一定是希望牽涉進這次事件的人愈少愈好，他們只派出一架直升機從頭做到底。主任告訴我們，等下雷達站、氣象站和核子廢料場的人都要接來這裡檢疫，而我們必須判斷，是不是要冒險給他們接種那些還沒有經過人體實驗的疫苗。

小秦似乎經過一番思索地問道：

「報告主任，機場和村子還沒有問題，那就是說，昨晚參加祭典的尼魯人一個也沒有回去；而朱萬山他們明明是昨晚感染的，即使細菌是在祭典上漏失，總不會沒有幾個尼魯人倖免吧？這些尼魯人跑到哪裡去了？」

主任點點頭說：

「不只如此，據說還有幾個來做人類學調查的也在祭典上，現在一樣沒有消息，等下我非得去現場看看不可了。」

主任叫我按鈴召集全體人員。我向牆邊走去時，正好看見監視電視上老李又指著鐵籠裡的小猴子，小猴子仍然在活蹦亂跳，我的心裡卻起了另一個疙瘩——哥哥可是學人類學的，又老是喜歡利用暑假到處去調查……

四、哥哥的故事

一九八四年九月十一日上午八時三十九分

懸崖下深藍色的海水被強勁的北風吹起一朵朵的浪花，我和兩個尼魯人迎風靠牆坐著，五、六步之外，一個穿藍制服的雷達站人員端槍監視著我們。剛才我才知道，這是個雷達站，我和兩個尼魯人竟然跑到島的最北端來了。

黑冷的槍管非但沒有影響我的心情，反而使我因為不能動而鬆下一口氣。我試著整理這激烈煩亂的幾小時裡發生的事，旁邊的尼卡和巴提奧安穩地伸開雙腿，閉起眼睛坐著，臉上的皺紋好像一下子增加了很多。他們都只有接近五十歲的年紀，卻已是尼魯人中的長老，然而剛剛拖著我狂奔的蠻勁，真使我吃驚。

事情是天快亮的時候發生的，正是我這次到島上來的第三十一天。一個月裡面，我經歷了尼魯人各方面的生活，也收集到極多的材料，成果比預期的好，想不到最後還是碰上昨晚的一場災難。

我和四個學生的研究是很成功的。我的基本原則是，人總是人，都有人性，參與式的調查就是使研究的人多注意尼魯人和我們相同的地方，而不像一般人只看到他們和自己不同的地方。做了一段時間以後，我們都漸漸能試著以尼魯人的眼光看這個世界。

可是各單位派駐在島上的工作人員卻不這樣想。每隔一段時間，總有一、兩個傢伙鬼鬼祟祟地帶來些吃的、用的給尼魯人，然後提起幾竹筒酒，牽著一個尼魯女人走進樹林去。這些傢伙似乎完全沒有考慮到他們這種發洩，將使文明社會追求物欲、出賣靈肉的惡俗迅速汙染純真的尼魯人，更可能留下一些他們自己也不會要的混血小孩在這個島上。

對這些我實在無力抗拒，我只能趁著這次難得的機會，儘量把尼魯文明記錄下來。因此我們和尼魯人生活在一起，根本不提供他們文明世界的技術和觀念。所有的學生和我自己，大概都很難忘記跟尼魯人放火燒山，然後用一根尖棒子挖地種小米的經驗。誰都知道即使不能開一架耕耘機來翻土，至少用把鋤頭也是好的，但我們始終努力地用尼魯人給我們的棒子。我起先還有一點大人參加小孩家家酒的感覺，可是不久就發現，如果用尼魯人的眼光看我身邊四個揮汗如雨的學生，那正是四個笨手笨腳，什麼都做不好，卻還能奇蹟似地活下去的族人同伴。我想，我自己在尼魯人的眼中也一定是如此。

尼魯人生活中空閒的時間，正是我們展開主要調查工作的時候。我的學生高峻志在尼魯人的協助下試製各種工具；林承先面對的問題，主要在如何使尼魯人對著錄音機唱歌；盧若蘭和尼魯婦女在一起聊得滿愉快；胡傳偉則有機會就問年輕的尼魯人，他們對那些古老的習俗和傳說相信多少；我自己多半是和尼魯人的長老在一起，陪著他們從開天闢地起，一直談到哪家又有小孩要參加成年禮。我唯一的遺憾，是對於最想瞭解的猴子精靈問題，他們一概避而不答。

但皇天不負苦心人，友善的態度和參與的生活，終於使我們贏得尼魯人的信任。九月初，當月亮逐漸變圓的時候，有一天頸上掛著鯊魚牙項圈的尼魯酋長對我說，他邀請我們全體參加月圓時的猴靈祭。

我由衷地向他道謝。我知道，猴靈祭是尼魯人一年一度的大祭典，每年在啟明島上季節風開始轉向時的月圓之夜舉行，地點在島上中部山區的一個山谷裡，一向不許外人參加。我有一次寄信時曾經從一個喝醉酒的港口人員那裡聽到過一點，可是這個送了尼魯人許多東西才能一睹其貌的傢伙，仍然只留下食物、酒、女人的印象。唯一對我有參考價值的，是他說那雖然是個歡樂的祭典，卻有說不出的一股詭異氣氛。當時我就推想，唯有參加猴靈祭，才可以解開尼魯人的精靈信仰之謎，所以前幾天當風向轉變成北風時，我幾乎是數著日子過去的。

昨天是個晴天，尼魯人睡過午覺後，開始收拾東西，我們立刻加入。尼魯人抓來四隻尖聲嚎叫的豬殺掉洗淨，又收集了大批的芋頭、米飯、椰子、香蕉和自釀的酒。小孩子們鬧成一團，狗也跟著亂吠，弄好之後，全村的人向東南方的山裡走去。我們興奮地加入行列，盡可能和他們一樣背起各種東西。

接近日落的時候，我們沿著一條乾涸的小河，由北向南進入一個山谷。這谷地的盡頭是一片不高但近乎垂直的石崖，上面有水流過的痕跡，兩邊也都是非常陡的土坡，上面叢林密布，而谷底卻滿是大小的石頭，只有一些雜草。尼魯人進谷後，便紛紛忙著做事，有的收集薪柴，有的清理地面，不久之後他們升起幾堆火，四隻豬就被撐在竹架子上烤起來。

天色漸漸暗下來，我開始有點餓，尼魯人卻毫不在意地忙來忙去。七點半左右，谷裡有了另外兩個客人。

那兩個本島人每人背了一個大袋子，走得氣喘吁吁，進谷之後把袋裡的東西倒在地上，掏出香菸分給圍過去的尼魯人，不久也席地坐下。我看得出這兩個和尼魯人似乎很熟，一定是島上哪個單位的人員，聽到祭典的風聲溜過來的。他們沒有發現我們，我叫學生也不必上去打招呼，並且要盧若蘭特別小心。

月亮終於升上樹梢。尼魯酋長從他背向谷底，用石頭堆成的座位上站起來，仰臉望天，雙手平伸，旁邊的巫師則提起一片老舊而面積很大的金屬片，開始很有韻律地敲打，全體尼魯人都肅立恭聽，小孩都不敢吵。

巫師敲完之後，用槌子向場外一指，喊出一聲奇大的「喝」，立刻，一個遠看像一隻大猴子的黑影由右邊坡上的一棵樹上爬下來，牠用跳躍的步伐繞到谷底，再從酋長和巫師之間跳進人群中的空地。我這時才看清楚，那是一個身手矯健的尼魯人，他頭上戴著一個木雕而略具猴形的面具，身後裝了一條假尾巴。他繞圈子跳著，不時靠近四周圍觀的人群，這時附近的人就向後退開，有時還會響起婦女和小孩的驚叫。最後，這隻人扮的猴子跳進烤豬和放酒的地方，裝模作樣的東聞西嗅一番後，速度慢了下來，一拖一拖地從原路退出人群。

巫師跟著進場。他走到剛才那個人嗅過的大豬前面，舉刀割下豬的一隻耳朵投進火堆，又倒了一些酒在火上。火堆上冒起白煙，巫師搖頭晃腦地繞火而行，口裡唱著冗長而奇怪的歌，以我所知的尼魯語，只能聽出指猴子身上惡靈的「瑪加悠」這個字。最後他的歌終於唱完，慢慢走到酋長前面，酋長對他點點頭，巫師便拿起金屬片盡力敲出一聲巨響，同時大聲宣布：「猴靈祭結束。」

所有的尼魯人一下子輕鬆下來，紛紛走到火邊，切下烤豬大吃起來，酒被傳來傳去地喝，其他的食物任人自取。我在滿腹疑問中填飽肚子，也喝了幾巡酒。前幾次傳來的，都是尼魯人的椰子酒，最後一次竟是一瓶廉價的威士忌。

我警覺到外來文化的入侵，和這猴靈祭以後可能發生的改變，便不再有心情去觀察接下來的尼魯舞蹈，反正這些還有林承先去做。我拍拍身旁漸有醉意的尼魯長老尼卡和巴提奧，向他們請問猴子精靈的事。

雖然酒精使尼卡和巴提奧的口風放鬆，但他們所知也極為有限。他們告訴我，依據尼魯人古老的傳說，猴子身上附有邪惡的精靈，人一不小心，就會被這些精靈捉去吃掉。所以尼魯人每年在食物最豐富的時候，也就是旱稻收穫之後，由南風帶來的魚群臨走之前，要舉行猴靈祭，使猴子身上的惡靈能夠吃飽這些食物，不再吃人。

月到中天的時候，我的兩個長老朋友已經酒醉飯飽，也跳夠了舞，他們告訴我以下是年輕人的時間了。為了能有更多的人口，免得被猴靈捉光，年輕人在祭典完成之後應該把握時間多多做愛，多養小孩；如果我有興趣可以參加，否則「老頭子們不妨聊聊古老的故事」。我知道這必然是尼魯人集體擇偶的時候，恐怕這才是那兩個本島人最大的目的吧。我感到不大自在，便站起身來和尼卡與巴提奧走到谷口，在人群的最外面坐下。這時啟明島上已經吹著北風，我們背風坐著，尼卡和巴提奧一個接一個地講起精靈的故事。漸漸地我們三個人都有了睡意，我以為這一晚就要這樣過去了。

可是事情在天快亮的時候突然爆發。

一開始我還不知道，因為雖然到了下半夜，谷裡廣場上仍然有人不斷地喝酒，走來走去找一切看得見的東西吃。最初彷彿有幾個人嚎叫著倒下，其他的尼魯人也不太在意，反正大家酒都喝得差不多了。過了一會，又有幾個已經醉倒在地的尼魯人發出痛苦的叫聲起來，一些還沒醉的人走過去探視，哀叫聲平靜了一下；但不久之後，痛苦的嘶喊突然此起彼落地大量增加。我身邊的尼卡和巴提奧也發覺了，我們正要走向谷裡，猛然從雜亂的人聲中響起一條驚駭到極點的尖高嗓音，正是那個巫師：

「瑪加悠！」

我很難形容這一聲尖叫之後，谷裡確實的情形。我記得所有能動的尼魯人頓時失了方寸，每個人都恐怖地跟著大叫「瑪加悠」，有的就地跪下，有的到處亂竄，拚命想爬上谷壁，比較接近谷口的，就回身向外衝。我正在不知所措，猛然被尼卡和巴提奧一人架住一隻手臂，死拖活拉地向外跑去，他們兩人口裡也在狂喊：

「瑪加悠！逃呀！」

尼卡和巴提奧拉著我完全不走有路的地方，我們拚命爬山，爬到一座山脊後就迎著風向北猛衝。起初背後還有一些哭喊的人聲，但不久就愈變愈小，我累得上氣不接下氣，但他們一刻也不准我停，經過一段斷崖都不減低速度，我差一點掉下懸崖，勉強捱過去之後，他們才稍稍停下一些。

這時右邊的海上已經露出晨曦，尼卡一面跑著，一面在大口喘氣的間隙斷斷續續地對我說，剛才許多年沒有出現的惡靈瑪加悠，忽然大批進到谷裡，這惡靈只要找上一個人，那個人就絕對沒有救。他只在很小的時候聽過一次瑪加悠捉人的事，想不到今天它們卻全都來了，一定是這些年來猴子愈來愈少，猴靈祭也太不莊嚴，沒有地方住的瑪加悠才來懲罰他們。

尼卡還沒有完全說完，忽然停下話來傾耳細聽，巴提奧則低聲對我說：

「又有人來了。」

我集中注意力向懸崖的方向聽去，果然有細微模糊的尼魯語傳來。我正要開口，懸崖的方向響起一聲男人痛苦的呼號，接著是女人絕望的驚呼：

「瑪加悠！」

尼卡和巴提奧猛然加快速度，拉起我跌跌撞撞地向前奔去。不久，懸崖那邊傳來夾雜著男聲、女聲和童音的悠長慘叫：

「瑪加悠——呀——」

聲音拖了一兩秒，才消失在懸崖下面。我強撐著肉體的疲乏和精神的震撼，不停地趕路，最後在大亮的天色中衝上一片草坡，發現前面有一座附有碟形天線的圓頂白色建築。當穿制服的人喝令我們不許動時，我只能拚命做著手勢，用文明人的話斷斷續續地說：

「證件……口袋裡……」

穿制服帶槍的人看了我的證件後，滿臉懷疑地命令我們背牆坐好。這時巴提奧長呼一口氣，告訴我瑪加悠大概不會找到我們了。我問他怎麼知道，他說：

「我們古老的說法，碰到瑪加悠，只有迎風跑到最高的地方，才有活命的希望。」

我又問他那些人為什麼跳下懸崖，他又驕傲又悲傷地答道：

「尼魯人發現瑪加悠找上自己，只要還有一口氣在，絕不回村子，一定爬到沒有人的地方去死，如果有懸崖，一定跳下去。」

尼卡接著說：

「這樣壞精靈才會跟著這個人死掉，不然它吃完這個人，還會跑到別的人身上去。」

五、哥哥和弟弟的故事

一九八四年九月十一日上午十時零六分

吳志同教授、兩個尼魯人和兩個雷達站人員被直升機送到啟明島西北角的研究中心。雖然兩個雷達站人員提出抗議，但這五個人仍被穿著防護衣的警衛關進一個小房間。房間裡一架單獨的空氣調節器嗡嗡作響，一張桌子上放了不少的食物和飲水。兩個尼魯人高興地吃喝起來，雷達站的人破口大罵，吳志同則不改他碰到難題時的作風，皺起眉頭，背著雙手來回踱步。

一小時以後，吳志剛研究員在會議室裡關上一架監視電視，又疲倦地打開另一架。他只看了一眼，就抓起內線電話，連撥幾次才滿頭大汗地撥通一個號碼，緊張地嚷道：

「報告主任，我哥哥在第三觀察室！」

「第三觀察室？那他就是那個人類學教授。志剛，再觀察一下，然後跟他聯絡，只要確定他沒有感染，就先和他見個面，再帶他到我辦公室來。」

「報告主任，他們已經在觀察室裡一小時了，還沒有異狀……」

「不行。你該知道，如果只有微量的感染，潛伏期還沒有過去。」

「可是假如那兩個尼魯人感染了怎麼辦？」
張有為主任並沒有直接回答：
「志剛，我瞭解你的心情，可是我們已經沒有別的觀察室可用了，我想他們大概都沒問題，可是還是先等一下。」
吳志剛黯然應是後，掛上電話。

當兩兄弟見面時，已經是中午了。做弟弟的把哥哥帶到自己的研究室，才坐下詳細回答他一連串的問題，而做哥哥的仍然站著。
「我們這個單位研究的是綠猴症和治療方法，我們已經培養出很多細菌，也在發展綠猴症的疫苗……對，昨天到尼魯人那裡去的，就是兩個我們的人。這兩個傢伙真不像話，不過他們今早發病之後跑回這裡，是直升機灑下汽油把他們燒掉的，真慘……」
他的話被吳志同的追問打斷：
「細菌是他們帶出去的嗎？怎麼帶的？」
「是他們沒錯，為什麼會帶我們也不知道，大概拿錯了。山豬是管培養的，裝細菌成品的盒子和裝洋菜培養基的盒子一樣，可能他本來就弄混了。他們都不是會自殺或者故意殺人的人。」

「你剛才說培養了很多細菌，還有人專管培養，是怎麼回事？誰教你們這樣做的？」

吳志剛拉拉他白色的罩袍，努力尋找適當的字句：

「是，我們也培養。為了萬一，國家需要這一類的武器……」

吳志同憤怒地打斷弟弟的話：

「你總算承認了。事情一開始，我就覺得不對勁。你要知道，尼魯人歷代都有極少數被傳染過，他們認為這病是猴子身上的壞精靈。昨天晚上他們還認為如此，還說一定是他們不夠虔誠，才惹來壞精靈。想不到這批壞精靈是你們做的！又是你們的人為了性交帶去的！你這個吳家的敗類！怎麼會幹起這種事？」

吳志剛的臉變得通紅，他沉默了幾秒鐘，忽然霍地站起來，瞪著比他矮一些的哥哥大叫：

「我學的就是這個，在這裡我只管病理，計畫是上級擬定的。何況你，你敢說一旦打仗，加西亞不會用別的細菌武器丟到你家裡？還有這鬼島上他媽的土人，我看你根本就是把他們當成動物園裡的動物來研究。你如果真正關心他們，為什麼不教他們些新的東西？或者讓他們不要再辦那個迷信的猴靈祭，否則哪裡會一死一大把？不管怎麼說，這次是意外事件，我們這研究所可是從來沒有用人做過實驗，沒用過死刑犯人，更沒有用過土人！」

哥哥拉開椅子坐下，對弟弟有點語無倫次的怒吼全不接腔，反而平靜地問道：

「我的四個學生有沒有消息？尼魯人究竟逃出來多少？」

弟弟愣了一下，也緩緩坐下，低著頭說：

「早上送來的都是雷達站、氣象站、核子廢料場的人員，尼魯人只有少數幾個，看來都沒問題。你的學生還沒看見……哦，對了，我們主任要見你。」

穿著西裝的研究中心主任一見到吳志同，立刻鞠躬為禮，熱絡地招呼著：

「吳教授，恭喜恭喜，請這邊坐——志剛，泡杯茶給吳教授。吳教授，我是這裡的主任張有為，您昨晚的情況我大致知道了，真是十分佩服。」

吳志同沒有理會他伸出來的手，自行坐下問道：

「我的四個學生逃出來沒有？尼魯人的情形怎麼樣？」

張有為絲毫不以為忤，他接過吳志剛端來的茶說：

「請喝茶。很抱歉，您的學生還沒有消息，生還的尼魯人我們還在找。等會兒我們要組織個勘察隊到現場去，還希望能借重吳教授的大才。」

「即使你不做，我自己也會去。」

「那就先向您道謝了。哦，還有一個問題，也想順便請教一下。您知道這個島上的單位還滿多的，我們已經接了一些單位的人來檢疫，都沒有問題，可是我怕有些已經感染的尼魯人跑到這些單位，那就麻煩了。請問以您對尼魯人的瞭解，他們如果感染上這個病，會怎麼辦呢？」

吳志同的怒火一下子又冒起來：

「告訴你，尼魯人比你的手下強得太多了。他們只要發現自己得了這種病，一定躲起來等死，免得傳染給別人，有個懸崖他們都會跳下去。」

「謝謝，謝謝吳教授指教。我這就要志剛向您說明防護衣的穿法，勘察隊馬上要出發了。等下還要請您多多勸導尼魯人出來接受觀察，接受治療。」

穿著防護衣的勘察隊乘直升機找到山谷時，每個人都已汗流浹背，可是一看見谷裡的情形，沒有一個不倒抽一口冷氣，覺得渾身冰涼的。

死在谷裡的總有五、六百人，以老弱和兒童居多。屍體的臉孔都腫脹變形，嘴角流出的血凝結後呈紫黑色，在蒼白的浮腫上特別明顯。裸體的愛人摟抱著雙雙死去，也有許多人死在大石頭旁，母親還抱著她們的孩子；酋長仰天倒在他的石座上，胸口插著一把刀，刀柄和右手都有血跡，大概是不堪痛苦之下，決定自殺向猴靈贖罪的。四個做調查的學生也都死在人堆裡，那個女生的手臂還偎在一個尼魯女人的肩上；他們都是由穿了鞋子的腳才能認出來的。谷口附近和谷壁上的樹林裡也有大約兩百具屍體，以青、壯年人為主，倒在樹下、溝底和小路邊的到處都是，同樣無疑地死於綠猴症，只是拖延的時間長一些罷了。

吳志同發狂似地拿著一架錄音機在屍體間走來走去，不停地播放他用尼魯語錄出，叫活著的尼魯人出來的錄音。當他發現研究中心的人已經找到七、八個活著的尼魯人時，立刻大叫著跑過來，可是隔著防護面具，他的話聽來只是一陣模糊的嘶喊。勘察隊員把這些人裝進一個堅固的吊籃裡，掛在直升機的腹下運走。

直升機回來的時候，他們又找到兩個活的尼魯人，可是飛機並沒有帶回吊籃，張有為揮手教大家登機。

吳志剛費盡力氣，最後拿筆寫下「直升機超載危險」的一張條子，才把吳志同拉上飛機。回到研究中心後，吳志同又怒氣沖沖地質問張有為，張有為卻先用對講機叫機員為直升機加油，然後才對吳志同說：

「吳教授，我瞭解您的悲傷，可是直升機快沒有油了，只要一準備好，我會叫他們再飛出去找散在各地的尼魯人。今天真是非常謝謝您的幫助，我看您昨天整晚沒睡，現在就先休息一下吧，我們有您的錄音帶也是一樣。那八個救回來的尼魯人，我們已經給他們注射過免疫血清了。」

吳志同點點頭，張有為便叫吳志剛帶吳志同到一間空的寢室休息，又關照為他準備食物和一套新的防護衣。

吳志剛回到主任辦公室時，張有為正在接電話，他不斷地說「是」，又重複地說明本島派駐的人員都沒有感染，左手的香菸燒出一截長長的煙灰，也沒有彈掉。他沉默地聽了一陣以後，又應了兩聲是，並且保證立刻去做，才掛上電話，秦友明則始終在旁邊站著。

張有為示意兩個部下坐下，以十分疲倦的聲音說：

「志剛、友明，我們這次禍可闖大了，弄不好大家都要送軍法，你們也看到我挨刮了。」

他停了一下才繼續說下去，似乎半天裡就老了很多：

「現在上級決定全面封鎖這件事。海軍和海防部隊已經奉命擊沉一切離開啟明島或靠近本島的啟明島船隻，不論尼魯人的獨木舟或者和本島聯絡的交通船都一樣。今天機場上剛好沒有飛機，那架直升機暫時歸我指揮，也不能離開。島上其他的單位，都奉令對任何接近的尼魯人開火，他們都怕得要死，絕對會這樣做。還有這事情的善後，上級叫我們自力解決。」

他精神稍微振作了一點地接下去：

「不過，事情也不是對我們完全不利。現在沒有人敢從本島過來，所以我們還有時間可以補救。志剛，剛才那趟勘察印證了你哥哥的話，尼魯人得了這種病，不會跑到有人的地方去，所以其他單位的人傳染的機會本來已經很小。事情發生在中央山地的南部，島上北半部的單位因為風向的關係，更不必擔心，核子廢料場的人也已經撤退到我們這裡，所以實際上，本島人死亡的只有六個……」

一陣咳嗽打斷張有為的話，秦友明在他伸手拿茶杯的時候，小心翼翼地問道：

「報告主任，您剛才說事情還可以補救，是要用什麼方法？」

張有為的咳聲停止，卻點起另一支菸才說：

「你們想，我們一直基於人道，沒有用人做實驗，所以理論上說，計畫始終不能算百分之百完成。這次意外，卻正好證明我們的學理正確，做出來的東西效果也非常好，隨時可以使用，這點要讓上級知道。至於我們做的血清有沒有用，還得看那八個尼魯人的情況，不過剛才似乎他們已經好多了，但願友明你能成功。」

他揮手叫秦友明不要說話，目光在兩個最得力的部下的臉上輪流掃了幾遍，才下定決心似地說：

「上級真厲害，事情發生以後，我們這裡的一舉一動，上級都知道得清清楚楚，所以我想我們的人裡面……你們知道我的意思。所以我只把我這個想法跟你們兩個人講，希望你們幫我完成。」

他又停了一下，才緩緩地說：

「現在原先的研究計畫，只差兩點就可以百分之百地完成。一是人類感染綠猴症後，不加治療到死亡之間的觀察報告；另一個是疫苗的效果，也就是說，人類接種疫苗之後的反應有多大，會不會像早期的小兒痲痺疫苗一樣，注射下去反而可能引起發作。這兩點分別屬於你們主管的範圍，而現在，我們都有機會。」

張有為的聲音變得像是自言自語：

「剛才直升機又抓回三個尼魯人，都感染了，而且很重。志剛，你到第二觀察室去看他們，要記下一份完整的紀錄。友明，今天早上從雷達站接來的兩個尼魯人，已經證明沒有感染，接種疫苗的事，就託你了。」

吳志剛和秦友明面面相覷，久久說不出一句話。

張有為漸漸不耐，終於提高聲音說：

「這是我能想得出來的，為我們全體減輕馬上要來的處分唯一的辦法。你們要是不願意做我也不勉強，你們留在這裡，我自己去好了。」

張有為起身要走，秦友明連忙把他攔住說：

「報告主任，還是我們來做。」

他拉起張口結舌的吳志剛，退出室外。

四個人站在臨時撥給吳志同的寢室門外，室內粗暴而急促的對話聲清晰可聞：

「你簡直不是人！先是瞞著我到這樣一個地方工作，現在又見死不救，還要觀察三個人怎樣死掉，你告訴我加西亞的實驗人員多壞多壞，現在你自己還不是一個樣子！」

「哥哥，我真不知道怎麼辦了……」

吳志剛的聲音愈來愈低，漸漸聽不清楚，忽然吳志同的吼聲又爆發出來，這次比剛才還要憤怒：

「什麼？尼卡和巴提奧是無辜的好人，還救過我一命，難道只因為他們是尼魯人就該當試驗品？要找試驗品，你們那個主任，姓秦的，還有你自己才是三塊料！」

然而吳志剛歇斯底里似的喊聲響起時，吳志同的聲音都為之失色，喊聲中還夾雜著乒乒乓乓搗毀東西的巨響：

「我到底要怎麼辦？到底要怎麼辦？好，大家都這樣逼我，我乾脆打開那些盒子，大家都死了算了！」

門被粗暴地推開，吳志剛衝出來，但他只跑了一步，就被人迅速地擊中後頸，一聲不響地倒在地上。另外兩個人也很輕易地捉住接著衝出來的吳志同，他的嘴裡立刻被塞上東西，雙手也被銬住。

秦友明和警衛組長跨進這間已經被搗得稀爛的寢室。一向高傲的白髮警衛組長四面看了一眼，嘖嘖幾聲，拍著秦友明的肩膀說：

「小吳真是瘋了。友明兄，多虧你細心，看見他到他哥哥的房間去就趕快告訴我，否則誰知道還會出什麼更大的亂子？今天已經夠亂了喲，他還這樣……」

秦友明截斷他的話：

「馬老，麻煩你把他們兩個交給主任。小吳的工作，我馬上過去替他，晚了就來不及了，也請你一併向主任報告。」

秦友明的額頭抵著第二觀察室前面的玻璃。觀察室裡最後一個，也是最精壯的一個尼魯人蜷縮成一團的身體，停止了抽動。秦友明嘆了一口氣，站起來看看鐘，然後把時間記在原屬吳志剛的觀察記錄簿上。記完之後，他不經心地翻了幾頁，卻發現簿子裡每一次實驗紀錄前面，都貼了一張實驗對象動物的照片，照片四周還細心地畫上粗黑的框框。秦友明闔上簿子，喃喃地說：

「小吳，最後這一次沒有照片了。原諒我，我也是不得已。」

他走回自己的研究室，用電傳打字機向本島上一個只有他知道的號碼，發出一串只有他知道的密碼。

六、尾聲

一九八四年十月十三日

在標示著這一天發出的兩張公文上面寫著：

——此次災害，該主任實不能辭其咎。唯該主任於災害發生後，處置尚稱得宜，研究計畫亦未受影響而適時完成，亦不無微勞。張有為著記大過貳次，降貳級，仍暫留原職，繼續處理善後事宜，以觀後效。

——研究員吳志剛於災害發生後，喪失理智，抗命盲動，並意圖造成公共危險，雖云曾受刺激，但並非心神耗弱之人，仍難寬宥。茲依軍事刑法第××條第×款及第××條第×款，判處有期徒刑五年。

而同一天的一份報紙上也有一則小小的教育新聞：

學生食物中毒　教授引咎辭職

（本報訊）首都大學人類學系學生胡傳偉、林承先、盧若蘭、高峻志四人，於九月中旬在啟明島從事人類學調查時，不幸因食物中毒死亡，領隊該系教授吳志同倖免。吳教授於事件發生後悲痛萬分，自啟明島致函學校當局，堅持為此事件負責而引咎辭職，並表示將留在該島，為改善當地衛生環境而努力。吳教授夫人陳明慧女士是一位護士，短期內亦將調往啟明島。四名不幸罹難的學生，遺體因天氣炎熱已就地火化，他們的家屬聞訊都哀慟逾恆，唯因自去年起實施的學生保險，每家將可獲得六十二萬七千五百元之賠償。

這一天啟明島天氣晴，北風，風力四至五級。風翻過島北方的懸崖，吹拂著空無人蹤的中央山地。中午過後不久，山地偏南一處曾經被大火燒得焦黑一片的谷地附近，一隻島上特有種的啟明獮猴尖叫著從一棵大樹上墜落，牠的身體扭曲，眼眶、嘴、臀部、生殖器等地方都逐漸浮腫，逐漸蒼白……

（一九八五年四月三十日～五月六日《自立晚報》自立副刊）

高卡檔案

神啊，饒恕他們吧！他們不知道自己在做什麼。

黃昏。地上的熱氣慢慢發散，一輛黑色大轎車緩緩駛進中央調查委員會大門，執槍的衛兵立正敬禮。車子在庭院盡頭的大廈前停下。一會兒，大廈七樓西側的一間房間亮起了燈光。

吳永浩將軍把他綴滿金線的帽子放在辦公桌上。點起一支粗大的雪茄，轉身熟練地打開角落裡的保險箱，拿出一份極厚的深紅色卷宗。他歪著頭想了一下，終於走到桌邊，重重坐進一張高背皮椅裡。窗外，首都鬧區的霓虹燈正紛紛點亮，老將軍翻開蓋著「絕對機密」和「歸檔」字樣的封面。晚上一個人在調查委員會辦公室裡翻閱高卡檔案，竟成了近年來他休閒的活動。老將軍凝神讀起來。其實，這份東西他早已瞭如指掌了……

第一部分

高卡問題研究報告（編號：四六一〇五二）

時間：一九四六年七月三日

等級：極機密

附件：各項詳細說明共十七份

主旨：研判高卡族全盤狀況，以供參考

說明：

一、高卡特別區地理狀況

① **位置**：本區位於我國西南部，介於北緯十二．〇至十三．八度，東經一一四．七至一一六．一度間。總面積一萬一千五百四十三平方公里，北以南底山脈與我國本部相連。

② **地形**：本區屬石灰岩地形，自東向西傾斜，侵蝕盛行，河谷密布。東部為斷崖，離海面自數十至數百公尺不等，無港口。西南部勉可泊舟。

③ **氣候**：屬熱帶季風型，雨量豐沛，雨季長，並多熱帶風暴，全年平均氣溫甚高，達攝氏二十七度以上。

④ **天然生物**：植物繁茂，全為熱帶雨林，動物亦多，昆蟲與爬蟲繁殖尤盛，有毒蛇猛獸。

⑤ **交通**：河川湍急，不通航，無鐵路，無機場，公路稀少且不易保養。步行為主。（詳見附件一）

——那個學地理的老教授，一副弱不禁風的樣子。想不到還真跑過全高卡特區。下面一條，是那個戴著深度近視眼鏡的人類學家的東西。

二、種族

本區以高卡族占絕大多數。我國及其他國人為數不多。高卡族為蒙古利亞種，東南亞分支之一支，其體型特徵介於我國與中國之間，散居高卡特別區中。

（詳見附件二）

三、人口

約五十餘萬。年增加率估計約千分之二十。（詳見附件三）

四、高卡族政治概況

地方分為八區，各屬一大氏族，社會上有貴族、平民二階級，貴族六十歲以上為長老。由其中互選重要官員，有雛形政府組織。領導者為世襲的酋長，掌握最高權力，但也視其年齡及能力變遷。

現任酋長名吉阿里，年約四十五歲，精明能幹，甚得高卡人心，頭腦亦頗開明，能追求新知；有二子，皆留學歐洲，現長子里阿力在外國活動，博取國際同情，次子留在高卡區中。（詳見附件四、五）

五、高卡特區的經濟

本區資源豐富，有木材、鋁土、赤鐵礦，及咖啡、香料、椰子等熱帶經濟作物，沿岸大陸棚可能蘊藏石油。距鮪魚洄游路線亦不遠，唯皆未開發。高卡族迄今仍用火耕法種植原始的旱田。叢林中只有極少部分闢為永久田地，但因生活落後，故得以自給自足。工業全無，有時以手工藝品向外國走私商人換取部分生活用品，數量亦屬有限。其交易仍停留在以物易物階段。間或有用小塊的金、銅、玉及彩色玻璃者。若能將此區置於控制之下，有計畫地開採其資源，將為我國之寶庫。（詳見附件六、七）

——那時那個很洋派的經濟學家還很年輕，永遠西服筆挺，打大花領帶，但一談起高卡特區的資源，他的眼睛就會發亮。

六、高卡社會

為父系社會，分貴族、平民二階級，身分皆世襲，作戰時貴族為軍官。家族組織嚴密，父親為一家之主，在家庭內有最大的權力，長子次之，財產由長子得二分之一，餘由諸子均分。同姓之家庭構成家族，聚居一起，家族中長子為族長，在全族中有最大權力。子女從父姓，女子無名，嫁後從夫姓，無繼承權，

其風氣重視宗嗣，重男輕女，婦女貞操觀念很重。民風樸素，節儉刻苦，又勇悍好鬥，甚為記仇。（詳見附件八）

——那個研究社會學的嘛，雖然最不可愛，但對自己的啟發卻最大。

七、高卡族之教育與宗教

高卡族有高卡文，為一種象形文字。能書寫者不到百分之十，餘皆文盲，唯極少數貴族子弟亦留學外國，近年來彼等帶進一些新知識。傳統教育男孩學打獵、打仗、建屋等技術，女孩僅教以紡織、烹飪。全族信奉高卡教，為一泛靈崇拜。認為自然現象皆屬神管，太陽、山神與祖先為主要崇拜對象，教士由貴族中選任，許多事都需要占卜問神意，非常迷信。（詳見附件九、十）

八、高卡族叛亂原因

此族性格強悍，信奉高卡教，拒絕我國之同化政策與經濟開發，自認我國褻瀆其神，虐待其族人，復受野心國家煽動，遂稱兵作亂。（詳見附件十一）

九、進剿經過

自一九三一年起，我軍陸續進剿，雖於當年及一九三三、一九三八年屢獲大勝，但無法將其全部消滅。世界大戰爆發後，進剿工作停止迄今。（詳見附件十二）

十、叛軍戰力評估

① **人力：**全民皆可作戰，役齡男子約十萬餘人。

② **人員素質：**體健耐勞，善登山、游水、負重、徒步、行軍、近戰、夜戰，能以極少量食物維生。

③ **武裝：**槍械約三萬支，配有少數迫擊炮、機槍、火箭及防空武器，彈藥缺乏。但善於利用各種原始武器如弓箭、吹槍、陷阱等。

④ **戰術戰法：**對叢林、游擊戰運用純熟。行蹤飄忽，出沒無常，埋伏襲擊小部隊或運輸單位，尤為其慣用伎倆。（以上詳見附件十三至十六）

十一、叛軍對外關係

北亞野心國家加西亞支持之，高卡之少數留學生在國際間宣傳極活躍，世界承認其「獨立」者十一國。近年並發現不明國籍潛艇替其運補，唯次數尚不多，相信與加西亞有關。（詳見附件十七）

十二、結論

高卡族世居高卡特別區中，憑險作亂。其地易守難攻，其民團結良好，經濟不懼破壞。且有外國支持，以我國目前情況，似不可能就現有兵力將其一舉擊滅。只可堅壁清野，加強海、空軍力量，切斷其外援，待我壯大後，方可再度進擊。

高卡問題研究小組

召集人　參謀本部少將參謀　王逸嵐

組　員　國家科學研究中心人類學組主任　于平遠

首都大學地理系教授　陶思齊

首都大學社會系教授　陳日新
湯瑪斯紀念學院經濟系教授　李循
中央調查委員會國內組專員　楊無忌
外交部東亞處處長　袁世韜

老將軍懶得看附件了，他把超過正文許多倍的十幾份東西翻過去。

※※※

第二部分

意見具申書（編號：四六一一三七）

時間：一九四六年十月十七日

等級：絕對機密
受文者：國防部轉最高決策會議
附件：MBI19研究報告壹份（已銷毀）
主旨：請利用高卡族社會弱點解決高卡問題
說明：
一、前據國防部參謀王逸嵐少將核准，經職閱讀之四六一〇五二號公文中，曾由國防部高卡問題研究小組指出：現階段不能以武力解決高卡問題。
二、據職調查，高卡社會中重男輕女之風極烈，不獨男性如此，女性亦然。此因家族與宗嗣觀念太重，於父系社會下，女性無繼承權使然。高卡人莫不以有子為榮，無子為恥，若某人娶妻，數年內不生男孩，即可納妾，無力納妾者，雖連生十餘女孩猶不肯停止，望得一男孩以「繼承香火」。婦女用盡各種迷信方法以求子，如懷孕後吃豬肚、魚肚以求「換肚」等無稽之談，皆甚流行。求生男孩之法術、草藥、偏方不勝枚舉。「多男」為普通祝福語。「斷子絕孫」則為常見的罵言，一家男子愈多，地位愈尊，女孩輒被稱為「賠錢貨」，有時尚有溺殺女嬰之習慣。總之，此觀念已牢不可破。

三、據近年歸國學人蕭雲森（美國洛克菲勒大學生物化學博士）、張詠絮（英國愛丁堡大學遺傳學博士）與職面談時私下表示，彼二人多年共同研究結果，已可製成一種藥片，供女性口服，即可改變婦女陰道及子宮內之化學狀況，控制X型精子之活動。換言之，若婦女於排卵期服用時，將僅接納Y型精子。因而只生男嬰。此種命名為MB—19之藥片，無臭易服，副作用極微，造價低廉，可大量生產，保存時間亦長。尤以成功率高達九十％以上，至足驚人，實為一理想之生男藥劑。（詳情請參閱附件）

四、若能大量製成，並以各種方法滲入高卡族。廣泛分發，一旦行之有效，高卡族必全族瘋狂採用，任何人亦難以禁止，則數十年後，高卡族必將因女性缺乏而引起各種社會問題，削弱戰力，甚至形成分裂，我軍將可一舉平定之。

擬辦

一、擬特聘蕭雲森、張詠絮博士為國家科學顧問，祕密製造MB—19。

二、MB—19完成後，擬請參謀本部及中央調查委員會派員滲入高卡族，廣為宣傳，誘其採用。以上二項詳細辦法另定。

三、高卡族採用後，滲入人員應嚴密監視其效果，隨時報告。

四、俟高卡族社會問題爆發，時機成熟時，再行出兵。

參謀本部中校參謀　吳永浩　呈

老將軍看得微笑起來。三十年了，那時候，他還年輕，意氣風發，新升上中校後，真恨不得一口氣幹一番驚天動地的大事業。他的視線又回到案卷上面，這計畫，簡直是十全十美。

※※※

第三部分

海馬計畫（編號：四七一〇一九）

時間：一九四七年三月二十三日

等級：絕對機密

附件：三份

說明：

一、海馬計畫（以下簡稱本計畫）係利用MB－19藥劑，對高卡族之社會作戰計畫。

二、本計畫代號「海馬」，由參謀本部唐大禎上將為主任，負全責。下轄四組：

①**生產組**：代號「紅海馬」，負責MB－19之生產及運送。特聘蕭雲森、張詠絜博士為技術顧問，利用軍醫署第二製藥廠設備製造。（詳見附件一）

組長：軍醫署署長　周建英

組員：ＸＸＸ

ＸＸＸ

……

②**推廣組**：代號「白海馬」，負責將ＭＢ－19推廣至高卡族並監視報告其效果。（詳見附件二）

組長：中央調查委員會國內組組長　蘇德潛

組員：ＸＸＸ

ＸＸＸ

……

③**資料組**：代號「黃海馬」，負責ＭＢ－19之儲存、分發、資料之整理、效果之研判。

組長：參謀本部中校參謀　吳永浩

組員：ＸＸＸ

ＸＸＸ

……

④**風紀組**：代號「黑海馬」，負責維持本計畫之風紀，並處理洩密事件。本組人員獨立作業，除組長外，不得與其他三組人員有任何來往。

組長：憲兵巡迴軍紀糾察總隊長　沈雨田

組員：XXX

XXX

……

三、本計畫各組以紅、白、黃、黑為簡稱，人員賦予代號，一號為組長，二號以下為組員。

四、本計畫對外保密，不得已時，以國防部資料處國防資源研究小組名義為掩護。

五、本計畫總部設於國防部資料處B_2-15室，黃組在此辦公，白組以B_2-16，紅組以B_2-14為辦公室。黑組無特定辦公場所。

六、參與本計畫人員，皆須經嚴格審核。條件為身心健康、思想純正、熱愛國家、保防考評A以上，堅決反對性別歧視，且本身專長工作特優。人員以不變更為原則，但若發現任何成員不適擔任此工作，立即黜退，並在本計畫執行期間內，禁止與外人聯絡。替代之新人，亦須完全符合上列條件。

七、本計畫之經費，由國防研究發展項下優先撥發。執行期間應儘少與其他機構發生關係，但有必要時，全國各單位均應優先支援。

八、本計畫之全盤狀況，僅限主任及各組組長知曉。上列人員每月集會一次，並得視情況不定期召開。此會議命名「海馬會議」，主任為主席，黃組派員任記錄，主席因故不克出席時，由黃、白、紅、黑組組長依序代理。「海馬會議」中各組須提出工作報告計畫，並得請本計畫中之有關人員列席。其他人員，若確有列席必要，須經最高決策會議核准。

九、海馬會議每年須推派代表，向最高決策會議報告其工作情形及未來決策兩次。最高決策會議對海馬會議之決策有否決權。

十、為免MBI19藥劑洩露，危害國家，本計畫執行期間，實施第一級保密作業。

十一、本計畫執行期間，視同作戰，適用軍刑法第二十二條至第三十六條之戰場刑法。若有違反第二十五至三十六條之人員，主任得令黑組立即處決，事後補報。

十二、本計畫自一九四七年四月一日起實施，執行期間三十年，期滿後得視情況，經最高決策會議核准後繼續延長。

十三、本計畫執行中途若確有停止必要時，得由最高決策會議聽取海馬會議意見後，下令停止。

十四、本計畫之細部及未盡事宜，由海馬會議決定之。

附件一　MB-19生產計畫

❶ 一九四七年四月為第一次採辦原料時間，原料儘量由軍醫署供應，其必須由國外購買者，以特案從速進口，但軍醫署應在最短期間內設法自行製造。

❷ 購妥之原料，暫存紅組辦公室。

❸ 一九四七年五～六月為第一次製造時間，利用軍醫署第二製藥廠設備製造。

❹ 第一次試造三百萬片，以普通消炎片之大桶盛放，運至黃組儲存，另視需要再加其他包裝。

❺ 若第一次試製品經推廣至高卡族，證明成功後，則以後視需要可每年再製造一次。

❻ 蕭雲森、張詠絜二博士在試製品成功後，由國家提供最佳研究設備及最高待遇，留其在國家科學研究中心繼續研究。凡本計畫工作人員，均應多與其交往，俾能確實掌握其生活。

附件二　MB-19推廣計畫

❶ MB-19之推廣至高卡特區，應利用各種可行路線，而為長期性之努力，必須使大多數高卡族生育年齡之婦女，養成每天吃藥的習慣，方算成功。其可用方法如下：

Ⓐ 以高卡教寺廟為中心，「神賜仙丹」為口號，藉宗教力量散播。

Ⓑ 在高卡族的市集中出售。

Ⓒ 由我方人員化裝為走私商人，以藥做為布匹、成衣、肥皂、火柴、五金工具、烹飪器具、菸、酒等物之贈品傳播。

Ⓓ 設法打入高卡家族，說服族長，整族採用。

Ⓔ 對高卡教之巫師，應與其聯絡，使他們瞭解若某巫師能使信徒生男，必有助於其獲得名、利。要使彼等在高卡社會中本有地位之巫師，主動為我宣傳。

總之，各工作人員可依實際情況，靈活運用各種方法。

❷ MB—19名稱，可用「乾道丸」、「調經丸」、「宜子丹」等，或乾脆用「祖傳生男祕方」。

❸ 在散播藥片初期，須盡力造成「藥片很寶貴，不易得到」的印象，要高卡族私下走告，自行為我宣傳，不必見人即送，尤不可求人採用。

❹ 對少數曾受現代教育之高卡知識份子，初期應避免接觸，務必搶先造成社會大眾皆已非要MB—19不可之形勢。以後要利用這些知識份子內心中之傳統觀念，誘導其採用。萬一發現有堅決反對，並足以在高卡族或國際間產生影響力者，應斷然消滅之。

❺ 本計畫執行後，請三軍及情報單位加強巡邏，盡可能防止外人進入高卡特區，所有至高卡特區之通行證一概停發。現住高卡特區之極少數我國民及外國人，在本計畫執行後半年內，全部令其離境。

附件三是一大堆工作人員的表格，他們那時都非常年輕。發黃的紙張，模糊的相片，退了色的墨水……在在都顯出這個計畫歷時的長久。老將軍看到三十年前自己的照片，他感嘆地搖搖頭，再一翻，竟又翻到熟悉的那一張：羅瑩，女，二十四歲，石山市人，湯瑪斯學院統計系畢業，本名羅領弟，高中時自行改名……右上角的相片裡出現一個短髮的女孩子，左頰上有一個酒窩。老將軍出神地看了一會兒，忽然迅速把這頁重重翻走。

再下去，就是三十年來自己寫的海馬計畫日誌了，老將軍決定只揀重要的看。

第四部分

海馬日誌及海馬會議紀錄

一九四七年

四月二十四日 在美國採購之原料運到，即存入紅組。

五月二日 原料準備完畢，開始生產。正進行初步調劑工作，並繼續以白鼠、兔子、猴子做實驗。

五月十六日 機件故障，排除恐需兩、三天，加強保密措施。

五月十七日 機器修復。繼續生產。

六月十二日 成品開始交貨。

六月十九日 第一批三百萬片交貨完畢。

六月二十五日 動物實驗大部分完成，效果良好，成功率九十二%。工作順利，白組決定提前行動。以印有「祖傳祕方」紅紙包裝之五千顆，由白2、白3號攜走，預定七月一日在瑪魯拉市集出售。

六月二十九日 白8號攜走六千顆，將交予青峰山區寺廟。

七月八日 白2號報告：出售順利，搶購一空，下次市集將至，請補充。即調海軍二七一號艦搭載直升機，送去二萬顆。

七月二十七日 白11號報告：已說服高卡特區悠塔加地方「人丁不旺」的比牙家族，全族採用。

七月二十八日 白2、3號由四十六號潛艇接回。正整理資料中，將出席七月三十一日之第五次海馬會議。

第五次海馬會議紀錄

七月三十一日

・**唐主任**：各項工作已依計畫展開，至為欣慰。唯須轉告各組人員瞭解，本計畫由許多環節組成，缺一不可，每人工作不同，皆有其辛苦之一面，為求同仁之進一步溝通，除規定各人必須遷至宿舍區居住外，將舉辦各項進修及休閒活動，由吳組長負責。

·**黃組吳組長**：進修方面，初步擬定每週抽一個晚上，三小時，由同仁輪流主講自己所學之科目，要深入淺出，有趣味，參考資料及書目可先交我印出，並搭配放映新進口之各科彩色教育影片。休閒活動將經意見調查後，選人數最多之一項為共同興趣，全體參加，其他的亦將分別舉辦，如棋藝、釣魚、登山、游泳、合唱、跳舞、電影欣賞、桌球、網球等。

·**白2號報告**：我與3號在六月二十五日，攜帶各種藥品兩大箱，以賣藥郎中身分出發，乘拖網漁船換小艇，在高卡特區西岸，北緯十二度四十分處登陸，當晚露宿叢林中。經三天跋涉，於二十九日上午抵瑪魯拉市集。該地為一山間小盆地，每十天趕集一次，我們以一天半認識環境。七月一日清晨市集開始，最初我們並未把MB-19公開陳列，只在有人來看別的藥時附帶推薦，但他們對這東西的興趣極大，中年以上的婦女更厲害，所以下午也就公開陳列。當天賣出五十顆一包的七十二包，我們告訴他們除月經外，每天吃一顆，以免他們弄不清受孕期。當天市集結束後。我們繼續在瑪魯拉附近旅行，又將剩餘的一千多顆賣完，換來的東西千奇百怪，像母雞、蛇乾、手織布、水晶礦石、巫師的平安符等都有。我們都接受了。七月八日電總部請補充，接到貨後，即在十一、二十一日的市集中出售，發現情況良好，五十顆一包的包裝法亦很適當。最後剩八包未賣出。二十四日開始回程，二十七日在原登陸地附近登上潛艇。

十一月十八日　第九次海馬會議紀錄（臨時召開）

·**白組蘇組長**：藥片銷售迅速，致發現有其他走私商人亦仿造出售。唯迄今僅有一起，售出之藥片亦不多。經採得樣品送紅組化驗，證實係偽造，全無效力。此事關係本計畫甚大，須早定對策。

·**紅組周組長**：MB－19為世界上唯一之物，發現的無效偽藥，恐怕是外國走私商人以為我們的「走私商人」在玩新花樣，騙高卡人錢，所以也跟進，並不知道真有效。

·**黃組吳組長**：本藥已在高卡族掀起風潮，為避免過分招搖，引起國際注意，建議目前應以確定現有市場為主，不必與偽藥強行競爭。我們要使高卡族瞭解，向某人買才有真藥，要做到買過藥的人一直只向我們買，人數少些沒關係。預計明年嬰兒生下後，將真偽立判。

・**唐主任：**同意吳組長意見，此外，紅組應注意包裝，使真、偽藥有區別，白組要暗中追查此事，設法找出偽藥來源，交由海軍及緝私單位當作一般案件處理，並請他們加強緝私，最後，透過外交部，注意加西亞的情形。

一九四八年

一月二十日

偽造MB—19的人已捕獲，是我國莠民陳遠輝。不是外國人，實為大幸。陳遠輝判刑三十年，即將執行。

三月三十一日　第十四次海馬會議紀錄

從四月起，恢復生產MB—19。數量：一千五百萬顆。

六月十日

白8號報告：近年青峰山區各寺廟中，前來還願的高卡婦女極多，有些還抱著新生的嬰孩，都是男的，情況熱烈。

八月三日

白11號報告：比牙家族近有五名婦女生產，除最早生產的一名生女外，餘均生男，MB—19應已奏效。生女的那名推斷可能尚未服藥即已懷孕。

一九四九年

五月十二日

第三次生產之一千兩百萬顆交貨。

九月十四日　第三十七次海馬會議紀錄（臨時召開）

・**唐主任**：白7號以少報多，企圖將剩餘藥品偷運回國內出售的案子已經解決，請沈組長報告。

・**黑組沈組長**：接獲情報後，即派3號、4號處理，在白7號與西藥商王某接頭之旅館中當場破獲，白7號拒捕，由4號開槍射殺，王某帶回，建議判處死刑或無期徒刑。MB—19追回九百七十七顆，應無流入市面者。

・**唐主任**：由這個案例可以看出人員的挑選仍有問題，但現狀也不易改變，故各組長要對本組部屬再清查一次，凡有疑問的都要特別注意。

十月二十七日　白12號以外國醫生從事慈善義診的身分，深入高卡特區東部山區中活動，績效優異，因染患惡性瘧疾，決定將其調回休養一段時期。

十二月二十七日　唐主任腦溢血昏迷。

第四十一次海馬會議紀錄（臨時召開）

唐主任住院療養，無法視事，依本計畫法規，此期間主任職務由黃組吳組長代理。

吳組長領導與會人員祈禱，祝唐主任早日恢復健康。（黃5號記錄）

一九五〇年

一月四日

唐主任逝世。

第四十三次海馬會議紀錄（臨時召開）

．**上級指導員：**唐主任不幸去世，實為本計畫之一大損失，現依法宣布吳組長升任主任，仍兼本職，以後全體人員要接受他的領導，服從他的命令。

．**吳主任：**接下這個位子，深感責任重大。唐主任已經給海馬計畫奠定了良好的基礎，我們已經成功了一半；但這是一個長時間的工作，現在不過剛剛開始。我們在以後的道路上，必然孤獨、辛苦，也極容易被人誤解，因此唯有全體同仁團結一致，忍辱負重，堅定有恆，才有達成任務的可能。讓我們在工作的時候，時常想到我們的國家。

全體工作人員熱烈地鼓掌，歡迎吳主任。（黃5號記錄）

一月七日

幾天來白組派至高卡特區之工作人員紛紛來電，除報告工作情況外，並祝賀永浩繼任。注意，切不可自滿。

白組之各報告情況樂觀，如：

①超過半數人員已可藉出售藥片在高卡特區自給自足，有些甚至賺了錢。

②各高卡寺廟中香火鼎盛，信仰之熱烈為前所未有。他們將MB-19的效果歸於神意，是我們最樂於見到的事。

③雖有少數高卡人曾為「將來兒子可能娶不到老婆」發愁，但「為什麼他們都吃藥，卻要我生女孩？」的心理更重，對這點要加以宣傳利用，而且要向他們灌輸「一家男人愈多，力量愈大。沒有老婆，去搶一個來不就行了」的觀念，以製造其內部之分裂與動亂。

一月十日

任命黃5號為主任祕書，兼海馬會議記錄。

老將軍長長地嘆了一口氣。黃5號，羅瑩，黃5號，黃5號……不要管什麼黃5號，小瑩就是我的小瑩。還是這句話。這句二十幾年前那個黃昏，在碧樹花園迎著血紅的落日說的話。其實從很早起，他就看出羅瑩是個觀察力極強，而有條不紊的女孩子，所以才會找她做祕書。果然，她把他枯燥而繁雜的工作安排得井井有條，而且很快地瞭解了他的習慣和嗜好，好像他用黑色的筆寫字，不喝茶的時候，喜歡鮮榨的檸檬汁摻一種最淡的汽水，再加一點琴酒等等。以後，他終於也知道了她一些小小的性格。例如她是白色綿羊牌香皂忠實的愛用者，只用這一種。這是有一次他太太買來一包紅、綠、白三色的綿羊牌香皂，用到白的那塊時，他才恍然大悟的：原來聞慣了的那股淡淡的香味，竟是從這片小小的白色東西而來。

一個如此善良的女孩子，為什麼海馬計畫這樣的工作會找到她？就是因為她不喜歡「羅領弟」的名字？然而，海馬計畫不找她這樣聰明細緻，又能勇敢而公開地反對性別歧視的人，又找誰呢？既然進了海馬計畫，在這孤寂的小圈子裡，自己和她的接近與愛戀已是一項不可避免的命運。

那時老將軍還是四十幾歲的年輕少將，人剛一得志，什麼看起來都順眼，他制服筆挺，鬍鬚刮得乾淨，對待屬下恩中有威，事事以身作則。有空的時候喜歡打打網球和橋牌，偏巧這兩樣東西羅瑩不但會，而且都玩得不錯，於是碧樹花園的網球場就成了他們常去的地方。

打完球休息的時候，他們並肩坐在長凳上看落日，往往兩個人都不願馬上去淋浴。他不能說他的太太不好，但是羅瑩卻太好了，他相信她做了家庭主婦，也是一流的；這是有一次她把他帶到她的一個同學家，繫起小圍裙，很快地做出一桌菜後他所得到的結論。

老將軍像是受到什麼吸引。手指飛快地翻下去，二月十八日，白6號賣出……顆，四月二日，恢復生產。五月、六月……最後，不可避免的那一天到了。

七月二十九日

黃5號羅瑩煤氣中毒死亡，究竟係自殺或意外，仍在調查中。

唉，最後那一個多月，事情變化得太快，簡直是急轉直下——六月裡有一天，下班後羅瑩拿著一張報紙，喜孜孜地向他指著一條消息。告訴他白龍山溫泉新建了符合國際標準的網球場。

「我們什麼時候到那裡打球？」

他仔細看了看，對她露齒一笑，說：

「傻丫頭，你網球打得好，地理就不行了。你想，白龍山這麼遠，以我們的上班時間，能當天來回嗎？」

羅瑩臉一紅，伸手要搶報紙，卻被他一把摟住，雖然主任辦公室裡別無他人，他還是湊近她耳邊小聲說：

「白龍山，我正式邀請你了。」

羅瑩真的跟他去了，他們在「國際標準」的場地打球，溫泉游泳池游泳。然後，兩人都受了蠱惑似地，鑽進溫泉旅館五樓的一個房間。

午夜夢迴，他發覺羅瑩還醒著，於是抓起她的一隻手，放在嘴唇上輕吻著，悄悄問她：

「怎麼還不睡？」

誰知羅瑩翻過身來，緊緊抱住他，急促而激動地問：

「永浩，海馬計畫究竟是怎麼一個計畫？」

他一下睡意全消，紛亂的思緒驀地湧進腦際。這怎麼回事？難道她是加西亞的間諜？但那些保防工作是白做的？他撐起上身，俯視著她黑白分明的眼睛，慢慢說：

「你應該已經知道了。」

「我要你親口證明。」

他猶豫了一會，終於默默地點點頭，又一會，才輕輕地說：

「你知道，高卡族不容易應付，所以才設計出……」

她長長嘆了一口氣，縮進他懷裡，小聲說：

「我總算知道了。這些事如果不把它弄清楚，會把人悶死。」

說完了，不等他回答，她膩在他身上瘋狂地吻起來。

那以後，他們又幽會過幾次，雖然還沒有被人發現，但他瞭解這種事遲早會被人知道，正考慮怎樣解決這問題，她卻先開口了。七月底的一天她偎在他懷裡，幽幽地說：

「浩，我們走好不好？到鄉下教書去，離開這一切。」

「小瑩，別傻，在海馬計畫工作，怎能走得掉？或者，我可以和我太太離婚。」

她聽了竟大哭起來，一邊模糊不清地說：

「不是你太太……我願意，願意做你的情……婦。只是這計畫……你為什麼要做下去？」

他終於澄清了心裡的一些謎團，領悟到她的意思。他儘量平靜地對她說：

「小瑩，我欣賞你的才幹，我已經愛上了你；但是海馬計畫是在不得已的情況下設計出來的，它要求的就是效率和忍耐……」

「你這樣大量殺人，你是劊子手！哦，我們都是劊子手！」

「你要想到。有戰爭就免不了死人，我們這是打仗哪！難道開著飛機，提了機關槍去殺人，你就心安了？或者你願意看見高卡成了加西亞的附庸國，我們以後都不得安寧？」

「你知道我為什麼約你去白龍山？因為……因為我要在聽你親口證明我在海馬會議裡聽到的都是真的之前……愛你，否則就永遠沒有機會了。」

他愣了一下，然後才說：

「小瑩，你是我的愛情，但海馬計畫是我的事業，我的一切，它像我的孩子，我要把它帶大。如果你不想做了，我會儘量安排……」

「不談了，送我回去吧。」

第二天她還是照常上班，到第三天清早就傳來她的死訊。調查人員一直查不出她是自殺或意外，只能證實沒有他殺嫌疑就是了。她沒有留下任何遺書，後事很快辦完，他自請處分，卻被上級慰留，只要他慎選人員，於是他把紅組的鄭麗敏調過來繼任祕書。

這個矮矮胖胖的女孩子既不麗又不敏，他對她也很嚴，也不讓她寫海馬日誌。後來他把自己的辦公室由淺綠色漆成灰色，造成一種冷冰冰的印象。平日上班不苟言笑，有什麼活動一定帶太太和小孩參加，他努力把公私分清，結果居然成功了。海馬計畫淘汰掉少數人員之後，剩下的人真正結成一個強固的小團體，默默做著他們枯寂的工作，他們的成果漸漸顯露出來。

老將軍看了看錶，時間已經不早了，檔案還剩下厚厚的一疊，他搖搖頭，把羅瑩的部分翻過去。以下的部分隨著時間的前進，愈來愈符合他的預測。

一九六〇年

十二月三十一日　第一百八十三次海馬會議紀錄

・**吳主任**：海馬計畫的第十四年馬上就要過去了，依往例，請各組長提出工作報告及檢討。

・**紅組周組長**：MB－19的製造技術在今年有重大進展。現在已不必特別製成藥品，而能混入食品中，只要加入一種安定劑即可。鑒於高卡族主要飲用井水或泉水，所以特請白組派員將藥品放入水源，以後可收一網打盡之效。此外，蕭、張兩位顧問結婚後，今年添了第二個孩子，他們生活安定，目前正著手進行另一項研究。

．**白組蘇組長**：在水源中放置MB－19的任務已順利完成，希望紅組能發明一種慢速滲透器，則只要將大量濃縮藥品安放在水源下面即可。本組工作人員今年發出近三百萬顆，各人工作順利，只有白21號在六月二十八日不幸因誤踏高卡神像，被高卡人刺死殉職。

．**黑組沈組長**：在黑組來講，這是難得安靜的一年，但願這種安靜一直保持下去。（一陣哄笑）

．**吳主任**：我現在以黃組組長的身分發言。首先，白21號因公殉職，要優予撫恤。黃組在這一年中主要工作有兩項，第一是調查國內出生人口的性別，結果發現不論就戶籍資料、醫院資料中的嬰兒性別看，都沒有異常現象；當然各位海馬先生、女士也很正常，像上個月白10號就生了一個女兒。第二則是研判高卡特區的消息，先要多謝白組同志帶回來的資料。這些包括敘述、日記、訪問紀錄、錄音帶、照片、影片等的資料，顯示高卡族十五歲以下的人口，男女比例約為八・五比一，這已經很接近我們希望的數字——九比一。前些時候有同仁問我為什麼不做到百分之百，我可以這樣回答：一是MB—19的效力本來就不是百分之百，二是如果高卡族全部成了男人，他們可能拋棄一切，向外蠢動；我們留下十分之一的女性，正好使他們你搶我奪，自相殘殺。最後我要宣布，令人興奮的消息開始來了（全體熱烈鼓掌）：大家知道，住在熱帶的高卡族成熟得早，這批小男孩已經給高卡人帶來麻煩。比如他們的戀母情結比較厲害，有的到了十二、三歲還不改。以下是一個極端的案例：青峰山區有一個生於一九四八年冬的男孩，一直無法離開母親，今年春天有一天想解開母親衣服，做出猥褻動作，結果被叔父發覺，將其打倒，他的頭碰到一塊石頭，此後一直昏迷不醒。另外，他們同性戀的傾向也很深，如果你聽見一個高卡男孩向你提起某個「女生」，他大部分指的是女性化的男生。還有，一些男性占多數的遺傳疾病如血友病、色盲等，在高卡族中多起來，有一個高卡老人曾抱怨：現在小孩紅、綠分不清的怎麼這樣多！

當然，六二年五月那件事是不能忘的。

一九六二年

五月二十三日

白22號為兄復仇，殺死高卡酋長之子里阿方。里阿方甫自加西亞「朝拜」而回，為我偵知，因酋長吉阿里已老病，為免其繼位後破壞海馬計畫，即派白22號（白21號之弟）率快艇三艘攔截。由於情報正確，果然將其所乘小艇擊沉，里阿方被白22號親手殺死。現吉阿里若一旦斃命，只有由次子里阿士繼位，他一直留在高卡特區中，有一切高卡人的頑固與愚昧，就不足為患了。

一九六七年

四月一日

本計畫到今天滿二十週年，全體工作人員照常上班，只是晚上的討論會改成酒會。其實真應該慶祝，因為現在高卡族正內鬨得熱鬧，一片混亂。高卡家長們拚命為兒子找媳婦，常有兩姓械鬥的事。他們是真的搶親，真刀真槍地蠻幹，像去年年底高卡西南部薩發薩家族去搶譚因家族的女兒，譚因家族為了抵抗，連唯一的一挺手提機槍和四個彈夾都用上了，結果薩發薩死了十三個，譚因死了十一個，女孩沒搶到，薩發薩說要捲土重來。這是剛證實的消息。

九月十四日

白16號報告，他以醫生兼走私商人的身分在高卡中部活動，發現高卡族的少年男性心理皆不正常。常見情況有下列三種：

一、侵犯性：好勇鬥狠，一言不合就會動武。不事生產，性欲很強，找一個女人發洩是他們唯一的目的。常有強姦、情殺、爭風吃醋而決鬥殺人的情形。如高卡中部塔利地方有個青年叫阿布良，現年十九歲，看上一個叫渥亞萊的十六歲女孩，為了得到她，一連殺了她哥哥、兩個情敵，和一個勸他的老頭子，共四個人；最後他和渥亞萊性交完畢，問她還要不要其他的男人，她說當然要(注意，此處應深入研究，因此舉完全違反高卡婦女的傳統)，他就手起一刀，把她也一併刺死。

二、退縮性：膽小怯懦，耽於幻想，整日無所事事，性情孤僻，沉迷於手淫，形同廢人。這種人很多，不必舉特例。

三、同性戀：已達公然地步。其扮演女性角色的一方因喜歡做女人的事，常被長一輩責罰，兩代關係緊張，有時「她們」會鼓動其「男伴」反抗長輩的干涉。如悠塔加地方比牙家族有一個十五歲的男孩，是同性戀中的「女性」，竟嗾使他的男伴將干涉他們的七十歲族長用毒箭射死，他的一個親戚趕來，也被殺傷。

一九六八年

一月八日

白10號利用其女性身分，出生入死，調查到一項重要情報：高卡現存女性分析。她表示，高卡族老一輩的女人現在對這批犯上作亂的年輕男人，又恐懼又痛恨，因為連五、六十歲的老太太都有被強姦的；她們之中有些已經後悔，但無能為力，因她們受的教育使她們從未想到可以表示意見。年輕的女人則不然，她們可分成兩種：一種已被窮凶極惡的大批男人嚇呆了，她們躲起來，不信任任何男人，包括自己的兄弟；她們的下衣都密密縫住，有些還準備了武器，也有男人死在她們手裡。另外一種則發現她們夾在男人群中，物以稀為貴，地位忽然提高，因而格外地撒嬌獻媚，打扮得妖豔無比，什麼事都不做，玩弄男人於股掌之上。老一輩的看不慣她們，她們卻日見變本加厲，白10號所述之渥亞萊即屬此類。總之，高卡族不但男性大亂，雜在男性中的少數女性亂得更凶；可因勢利導，鼓動這些人盡可夫的女人反抗原有的高卡家族、社會及政治組織，將可帶動男性，力量極大。

一九七一年

六月十七日

高卡族人口確已減少。自從新生女性減為從前約五分之一後，這一代的生育率自然遽減五分之四；加上內部動亂、農業因缺人力而衰退，打鬥死亡和病餓而死的數字大增。現在高卡的人口結構中，十五至二十五歲的男性極多，兵源尚足，但將隨著時間而迅速減少。若新生嬰兒的性別比例不變，則數十年後，高卡族將瀕於自然消滅。

檔案的紙張漸漸高起來，各種公文、報告也愈來愈多。老將軍記起一九七一下半年到一九七三上半年那一段最忙的日子。那時他已經六十幾歲，精力漸漸不如往日，而孤立高卡特區，全力推行海馬計畫的政策也漸漸不易維持，唯一可安慰的，是海馬計畫的成效一直隨著歲月的消逝而增加。他找出那兩張在七二年向最高決策會議報告時，令自己大為頭痛的公文。

那次會議裡，他向最高決策當局報告高卡族人口減少，社會動亂的情形，並且建議把海馬計畫在期滿後再延長一段時間；但他們遞給他兩張公文，一張來自外交部，一張來自海軍總司令部。這兩個東西的複印本，他在得到許可後，也保存在高卡檔案中。

外交部情報處報告（編號：七二一二四五）

時間：一九七二年三月十七日

等級：極機密

受文者：最高決策會議

附件：加西亞對高卡族游擊訓練計畫之推測一份

說明：

一、據我布建在加西亞境內之情報系統，及盟邦駐加西亞人員轉來之交換消息，顯示加西亞對高卡問題已大加重視。加西亞前曾與其西境鄰國克奇茲發生戰爭，以致十餘年中無力他顧，現其與克奇茲之衝突已解決，故對其一貫扶植之高卡叛軍又顯示濃厚興趣。

二、加西亞之支援高卡族，可以想見必有武器、彈藥、醫藥等，而其傳教士、經濟及社會工作人員，與特工等，亦必以高卡為活動目標。近聞加西亞有意開辦一游擊訓練基地，偷運高卡人前往受訓。形勢已甚緊急，須早定對策。（詳見附件）

海軍總司令部報告（編號：七二一六二九）

時間：一九七二年三月二十八日

等級：絕對機密

受文者：最高決策會議

附件：①海軍現有兵力配置表一份

②侵入高卡海域之不明船艦統計一份

說明：

一、海軍前奉命封鎖高卡沿海，此長達近一千公里之海岸線，曲折多變，雖高卡族不擅於航海，然以四分之三的兵力配置於此，仍略嫌單薄。（詳見附件一）

二、近半年來，侵入高卡海域之船隻突然增加，除各國競相發展遠洋鮪釣漁業，因之漁船大增外，其他不明船隻亦漸有發現，可見加西亞已對高卡特區蠢蠢欲動。（詳見附件二）

三、對高卡之封鎖與分化政策行之多年，若已具成效，似可趁加西亞尚未全力南顧之時，迅速出兵高卡特區，海軍必全力以赴。

最高決策會議的意思是事情不能再拖了，他們終於決定一九七二年六月底到七月初出兵。這是一件全國性的大事，但卻在極機密的狀況下進行，他所奉到的命令，就在下面這張他珍若拱璧的公文中。

最高決策會議令（編號：七三〇一一八）

時間：一九七二年六月四日

等級：絕對機密

受文者：國防部國防資源研究小組海馬計畫

說明：

一、海馬計畫自執行以來，成效甚宏，現因局勢需要，已決定對高卡特區用兵。D日為六月三十日，H時為〇四四五。

二、海馬計畫之白組人員，全部隨軍出發，充任嚮導及翻譯，如何分配，應與國防部洽商；又已派往高卡特區之人員，即令其就地製造分裂、發展組織，準備在內接應，並將未發出之ＭＢ－19銷毀。

三、海馬計畫之紅組、黃組，自六月二十九日〇八〇〇起，集中待命，準備從事該計畫之善後工作，及有關該計畫之資料研判及心戰作業。

四、海馬計畫之黑組人員移至通往高卡特區之各道路、港口，任檢查工作，務使ＭＢ－19不致流入本國。

此令。

也就是幾年前的事，但好像已很遙遠了，老將軍憶起接到命令後的忙碌情形。他很想隨軍前往，親眼看看二十多年來天天夢魂牽掛，卻只在地圖、照片和飛機上見過的高卡特區；可是海馬計畫的最後階段工作，使他根本不能提出申請。他跟國防部洽商後，確定了白組人員的分配，然後把他們分幾批送走，又把黑組人員派到各檢查站。最後，那年六月二十九日下班時，他把紅、黃組集合起來，向他們宣布梗在胸中好久的消息。當天的海馬日誌破例由黃6號鄭麗敏記錄，他記得已經結婚做了媽媽的她，聽到開戰消息時激動得筆尖顫抖起來。

一九七二年

六月二十九日

下午五時正，吳主任集合全計畫現有人員訓話：

「各位同仁，我們辛苦這麼多年，終於到了決定性的日子，在很短的未來，我們國家馬上要出兵清剿高卡叛徒了！（全體歡呼鼓掌，歷久不停）從現在起，大家在辦公室集中待命，餐飲、點心、睡具等都會送到。我們白組和黑組的同仁，已經分別出發，擔任國家的先鋒和警衛；大家要堅守自己的崗位，等待命令，等待消息。海馬計畫的成敗，立刻要揭曉了。」（全體歡呼鼓掌）

（黃6號記錄）

那天晚上大家都沒有睡，沒有工作的時候，有人喋喋不休地談話，有人則一語不發地坐著，沉浸在回想中。老將軍穿梭在他們之間，和他們聊天，給他們鼓勵。到第二天天快亮的時候，消息如雪片般飛來，黃組的電務人員忙得滿頭大汗，那天的日誌潦草而凌亂。

六月三十日

白13號隨傘兵第二旅空降高卡中部塔利附近，來電：「敵火力稀，部分投降。餘逃竄，不見女性，將與16號聯絡。」

白6號隨裝甲第一師翻越南底山脈前進，來電：「戰死之高卡人多中年以上，僅見老婦。」

白22號隨陸戰隊登陸高卡西南部，來電：「發現20號訊號，將速赴。」

前幾天都是這種東一條，西一條的報導，後來就漸漸有系統性的資料傳來。

七月九日

白8號自青峰山區託空軍直升機傳信報告：

「一月前接到命令後，即加緊工作，散布有我國與外國大批觀光客要來之流言，七月二日，集合好準備搶女人之一百餘名高卡青年，被我埋伏之裝甲部隊全數擊斃。我軍抵青峰山大廟村時，高卡青年全無戰志。抵抗者極少，大部分皆投降，有些同性戀者還對我軍士兵發生興趣，現皆集中看管。除少數老人逃入叢林中外，我已有效控制該地。」

七月二十六日

白15、16號隨步兵第24師進抵瑪魯拉，轉來報告：

「我們隨心戰單位活動，發現高卡社會實際上已瓦解。老年人認為這是天譴，年輕人則毫無其原有民族觀念，女人、食物即可使他們忘記一切。高卡的貴族階層仍擁有女性，其平民階層的不滿情緒經煽動後，到達高潮。他們都樂於和我們合作，去搶上層高卡人的一切。現在我們已使他們大亂，漸漸唯我們之命是聽，我們把高卡女人集中起來，再按時配給，就足以使他們就範。」

老將軍當時也沒想到，戰爭在短短的兩個多月裡就結束了，加西亞想援助都來不及。高卡特區比較安靜後，他去視察了一次，這時他已升任中央調查委員會主任委員，加入最高決策會議，但海馬計畫還沒有完全停止。他在殉職的白9、18、21號墳墓上獻花，督促紅組銷毀那些放在水源中的MB－19擴散器，回程時又巡視了黑組人員，他們只查獲少數陳舊的MB－19，應該不會發生問題了。

高卡族的俘虜都被派去做苦工，幾年之內就死了一大半，這個桀驁不馴的民族，就這樣灰飛煙滅了。海馬計畫卻還延續了三年，他們在國內展開廣泛的調查，包括高卡特區戰後嬰兒性別比例，國內本部戰後嬰兒性別比例，結果高卡地區的男嬰仍比較多，國內則無異狀。

於是他們指揮工兵部隊在高卡填塞舊井，挖掘新水源，使那些被戰火炸壞的擴散器的汙染減至最低限度。前年，所有海馬計畫的人員全體退休了，海馬計畫停止。絕大多數的工作人員，都仍願住在他們的社區裡。老將軍知道，他們年紀都大了，已沒有別的朋友，老將軍常去看他們。其實，他自己又何嘗有什麼朋友呢？

高卡檔案的最後幾張終於到了。有一張是一家日報已排好字的新聞版版樣，上面的頭條標題是：

高卡之戰迅速告捷

老將軍非常喜歡看這條消息；雖然當時他知道了這事，曾經連夜下令把它取消，並把已排好的版拆掉。他自己保留這張唯一的版樣上的新聞是：

本報記者雷勝達高卡特區專稿：高卡之戰並不如想像中的困難就輕鬆獲勝，除我國近年來發憤圖強，整軍經武，戰力大增外，可能另有隱伏的原因……記者隨步兵某師沿高卡特區東海岸南下，發現高卡族中女性非常少……據記者救活的這個高卡老人說，神在處罰他們，從二十多年前起，生下的都是男孩，本來大家很高興的，誰知……將這些話和近年生物化學的發展連起來推想……

這個雷勝達！老將軍始終認為那時把雷勝達硬從XX日報「請」來中央調查委員會工作是對的，他將可繼承自己的位子。

老將軍忽然面現痛苦之色，他的風溼又犯了。這兩年來，他老是夢見羅瑩。努力了近三十年的事業完成了，但究竟得到了什麼呢？也許大家都在一股無法抗拒的洪流裡不斷向前盲目奔竄罷了。所以，他決定退休了。他的申請已經核准，明天即將生效，這是最後一次，他細翻這些高卡檔案，他的孩子。

檔案的最後一張很簡單，是最高決策會議命令。

最高決策會議（編號：七五〇一四六）

時間：一九七五年七月十二日

等級：極機密

受文者：國防部國防資料研究小組海馬計畫

說明：自一九七五年七月十三日起，海馬計畫終止，原單位撤銷。

此令。

老將軍闔上卷宗，伸伸痠痛的四肢，按鈴叫祕書進來。時間的確不早了，他今晚必須趕回家去，那批老海馬們已在他家裡聚齊，要預祝他的退休，當然還有他太太、女婿、外孫、外孫女，和他那僅有的兩個女兒。

（一九七九年八月《現代文學》復刊第八期）

我愛溫諾娜

無比壯麗的自然力量，誕生在副熱帶的海洋上，深陷的漩渦，渾圓的周緣，構成近乎完美的幾何圖形。說她像古羅馬神話中的美麗女神維納斯，只是我們對她粗淺而擬人化的描寫而已。當我們這些卑微的人類，用極簡陋的工具，幸運地觸動某些自然界的機關，使海的女神從波濤上升起時，我們不論在人類不斷上演的求生存遊戲中扮演進攻或防守的角色，都只能祈禱她的眷愛，戰慄地等待她決定，是否回應我們長久以來狹窄閉塞的心靈中自私、貪婪、殘暴的要求。

侵襲前五個月又十八天

下午的陽光溫暖地照在島上南岸崖邊的岩石上，兩支釣竿插在岩縫裡，斜斜地指向天空，竿上的釣線緊繃，竿梢隨著海浪緩緩地擺動。從懸崖上看去，前面的太平洋海天一色，只有幾塊雪白的積雲，孤獨地低掛在模模糊糊的海平線上。

吳盛嘉挪動一下躺著的身體，使臉孔退到一片石頭的陰影裡，打個呵欠問道：

「瑞揚兄，現在幾點了？」

背對他坐著的中年男子看看錶說：

「三點二十了，你睡了半個多鐘頭。」

「有沒有什麼動靜？」

「啥也沒有。我看，又該換餌了。」

「這年頭，大家錢多了，魚就少了。」吳盛嘉一邊說著一邊站起來。他是個大個子，穿著紅格厚襯衫，牛仔褲，米色的救生背心，肚子有一點凸出來。

兩個人走到崖邊，各自拿起竿子收線。果然泡得發白的魚餌都依然如故。兩人相對苦笑，打開野外用的冰箱，拿出做餌的整尾小魚，順便也一人拎起一罐啤酒。

一個半小時以後，他們終於決定回去。爬到停在崖上公路旁的汽車邊時，兩人又出了一身汗，吳盛嘉把冰箱放進他灰色豐田汽車的行李箱，邱瑞揚放下竿子說：

「老同學，第二次釣魚還是沒有斬獲。等下經過大濱港，我非得買兩條魚向太太交差不可了。在我家吃晚飯的時候，你可不能拆穿。」

吳盛嘉蓋上行李箱，哈哈笑道：

「放心，高三那年你什麼課都敢溜，還不是『我掩護你前進』的？」

然而在晚餐桌上，邱瑞揚買魚的事還是被兩位太太猜了出來，這是吳盛嘉一家人第一次到邱家作客吃飯，氣氛卻因此迅速變得輕鬆融洽。飯後邱瑞揚拿出香菸和老人茶具向他太太說：

「阿美，避免汙染空氣，我跟盛嘉到書房聊聊。」

兩人的話一下子真談不完：高中生活的趣事、共同的嗜好釣魚、半個多月前巧遇重逢的經過等等。隨後說到各人目前的工作時，邱瑞揚注視著吳盛嘉的眼睛，鄭重地說：

「不瞞你說，我的研究所實際上是中央調查委員會下面的一個單位，我也可以算是個，呃，情報人員。」

吳盛嘉微微地愣了一下，邱瑞揚隨即露出笑容說：

「我可不是〇〇七，沒有那種本事。我做的是研究分析敵情的事，每天要看一大堆對岸加西亞的東西。」

吳盛嘉很快恢復常態，笑著問道：

「你讀歷史的怎麼進了這一行？」

「你說考大學的時候誰知道什麼系是學什麼的？冷門系畢業不好找工作，只得如此了。我倒真佩服你，考進冷門的氣象系就心安理得地念下去，現在博士學位也有了，又是氣象局的大主任。」

「靠天吃飯，不好混哪！預報對了沒人感謝你，只要一點不對，打電話寫信來罵的就一大把。」

邱瑞揚也莫可奈何地搖搖頭，拿起小茶杯喝了一口，換個話題說：

「我想，我們可以來個科際整合。我現在做的工作，有時候也牽涉到氣象，我是外行，可能會來請教你。」

「請教不敢，我一定幫忙。至於老兄，情報人員消息靈通，只要不洩露機密，也讓我多長點見識；要不然，你的本行歷史我也有興趣。」

「太好了，可以奉告的絕不隱瞞。說到歷史，我最近接觸到一個問題，和你所學有關，你可能真有興趣。」

「哦？」

「我最近正在收集氣象對戰爭勝負影響的資料，尤其是渡海作戰。你想，蒙古遠征日本，是被兩個颱風吹垮的，諾曼地登陸的時候，如果沒有找到合適的天氣，誰也不知道第二次世界大戰還要延續多久。」

「有意思……」

吳盛嘉的話被他太太打斷。她在書房門口喊了一聲「盛嘉」，向邱瑞揚點頭為禮，才指著懷中梳了兩條辮子的女孩說：

「小雯睡了，我們也該告辭了。」

邱氏夫婦把吳盛嘉一家送出門，邱瑞揚和吳盛嘉握手後，替他關上車門，說：

「過幾天中午有空，來我的單位吃西餐。我們那個餐廳西餐不錯，可以邊吃邊聊，交換一下心得。」

「一定一定。今天菜非常好，多謝嫂夫人，已經晚了，請回吧。」

回家的車上，吳盛嘉興致頗高，把和邱瑞揚談的又大致對太太說了一遍，吳太太徐櫻芬聽了說：

「你這個老同學真奇怪，自己是搞情報的，反而先向人家講。」

「老同學嘛，做這種工作，還是先講明了好，免得將來又要我們猜，反而尷尬。」

侵襲前五個月又十四天

邱瑞揚喝掉杯裡的咖啡，迅速拿起賬單，對吳盛嘉說：

「走，去看看我的辦公室——不不，怎能讓你請客？下次我去你那裡，也絕不客氣。」

他們穿過開滿杜鵑的庭院，走進一幢線條簡單的灰色建築。邱瑞揚的辦公室在三樓，外面一小間，擺了四張桌子，他介紹過三個同事後，把吳盛嘉帶進裡面的一間。

房間很大，一邊擺滿書架，對面牆上掛著一張大型全國地圖，也包括了本島以北的永豐海峽和對岸的加西亞，圖上鉅細靡遺，還用大頭針插著雙方的小國旗，和各地駐軍的軍旗。圖下放著電腦終端機、電傳打字機、傳真機和影印機各一架。吳盛嘉四面看看後，走到地圖前注視起來。

「怎麼樣？有什麼心得？」

「哦，瑞揚兄，平常在局裡每天看地圖，並不覺得加西亞的威脅，在你這裡一看，才感覺得到。」

「來我這裡很多人都這樣說。現在社會愈來愈繁榮，大家只想賺錢，把這個虎視眈眈的窮鄰居都給忘了。盛嘉兄，請這邊坐。」

兩人在放著檯燈的閱覽桌前坐下，邱瑞揚拿起桌上的一個卷宗，說：

「這敵情研究中心有很多組，我是副主任之一，也帶了一組，這組主要是研究加西亞的民兵組織跟動員力量。我們除了收集資料外，還要經常站在加西亞的立場，考慮怎樣進攻這邊，再研究破解之道。」

吳盛嘉指指邱瑞揚手中的卷宗說：

「真有意思。你最近想怎樣進攻我們？」

邱瑞揚的神色忽然凝重起來，他抽出一張紙送到吳盛嘉面前：

「這是加西亞沿海幾個州可以動員的人力表，單單壯丁就有大概八十萬，再加上老弱婦孺，恐怕傾巢而出，會有兩百多萬。加西亞軍事力量很強，可是經濟落後，國民生活水準很低，這幾年他們糧食收成不好，外匯又耗在買武器上，所以民心普遍不滿，有可能作亂。」

「那不是很好嗎？」

「賴耶發不是笨蛋，他當了十五年的加西亞頭子，要想再當下去，一定會設法解決。這傢伙搞群眾運動起家，平常佩服的是甘地、列寧、毛澤東、卡斯楚。我常想，如果局面真快控制不住時，他會活用這兩百多萬人。」

邱瑞揚站起來指著地圖繼續說：

「我們面積三萬平方公里多一點，人口不到五百萬，永豐海峽平均寬一百五十公里，小船十個小時可以橫渡，如果賴耶發為了轉移不滿情緒而冒個險，把能找到的船不論大小全部徵集，再把加西亞的窮人送上船，告訴他們對岸鄰國那批可恨的有錢人吃好的，穿好的，什麼都有，但就是不肯援助他們，死活都不管，然後一聲令下，幾千幾萬條載滿加西亞饑民的船同時向這邊開過來……」

吳盛嘉臉上的笑容僵住，他沉思了一下才說：

「瑞揚兄，你不是開玩笑吧？太可怕了！……但是賴耶發這樣做，假如失敗的話，加西亞就要大亂，他也非垮不可。」

「我也想到過這點。他如果走出這著險棋，要不就是他國內和國際形勢非常有利，好大喜功地要收復所謂的加西亞固有領土，要不就是他內部的問題大到使他不得不冒險。」

「嗯，這可真不好辦。」

邱瑞揚站起來兩手撐著桌面，目光炯炯地注視吳盛嘉說：

「我們是自己人，說實在的，我這個假設幾個月以前就報上去了。上面很重視，中央決策委員會的雷委員——對，就是主管安全情報的那位，還召見過我，結果成立了一個研究小組。我們工作幾個月，各種應付的方法都考慮過，但是最近我愈來愈覺得這件事沒有你參加不行，因為上萬條小船要渡過海峽，氣象是決定性的因素……」

吳盛嘉恍然大悟中帶著幾分憤怒的聲音打斷邱瑞揚的話：

「我知道了，這就是你最近常來找我的原因。我想，我的背景，你們大概都調查清楚了吧！」

「盛嘉兄，我向你道歉，一開始沒有告訴你這個機密，可是我們的確需要一個愛國家，操守好，又是專業技術頂尖的氣象學家。」

「空軍裡不是有劉學禮嗎？他的學問跟經驗絕對是頂尖的。」

「劉學禮已經在這個小組裡了，但是組裡還需要一個氣象局的人員，一方面一起研究，就是所謂兩個頭腦勝過一個，一方面到了必要的時候，可以在氣象資料和預報上幫助國家。當然，要調一些軍方的人到氣象局也可以，但是最好不要打草驚蛇，讓加西亞起疑。」

吳盛嘉深深點頭，一字一句地說：

「身為一個氣象預報人員，這種最難堪的事竟然被我碰上了。你是想發假資料，做假預報吧？」

「這一切只是假設，我也希望不要發生。」邱瑞揚口氣一轉：

「盛嘉兄，我們迫切地希望你參加，你是我們唯一能找到的人選，不過，先考慮一下，我也再耽誤你五分鐘，舉一個有關的例子供你參考。」

「好吧，不過快一點，我三點鐘局裡還有預報會議。」

當天晚上十一點，吳盛嘉在黑暗中聞到一股熟悉的香味，然後兩片溫熱的嘴唇貼了過來，他正要伸手抱住太太，卻聽到徐櫻芬附在他耳邊說：

「你又有菸味，去漱漱口嘛！」

吳盛嘉起身走到浴室刷牙，藉著浴室裡的燈光，他看見臥房裡的一切：梳妝臺和上面擺滿的化妝品、床頭音響、桌上的小型彩色電視機、窗口的冷氣機和床上穿著水藍色睡衣的徐櫻芬。這個家建立起來不容易，二十年來，這裡的經濟逐漸繁榮，許多人白手起家，經營工商業發了大財不說，就連自己這樣一個公務員，也勤勤儉儉地有了一個中產階級的局面；可是，假如邱瑞揚擔心的事真的發生……

他搖搖頭，不再去想一旦加西亞的饑民蜂擁而至，出現在他家門口的時候，一切會變成什麼樣子。他關上燈走進臥房，知道雖然不願意，也非得參加邱瑞揚他們不可了。邱瑞揚說的是實話，他的歷史也沒有白念，下午他最後講的，是個活生生的實例：

一九七七年二月，加西亞副總理迪必多訪問摩洛哥。這是一則被忽視的新聞，可是後來我才感到它的嚴重性。原來摩洛哥一向認為它南邊的西班牙屬撒哈拉是它的一部分，但是摩洛哥國王哈珊二世也知道，如果憑武力進攻，未必容易得手，而且可能引起國際干預。於是在一九七五年十一月六日，哈珊國王聚集了三十五萬無武裝的摩洛哥人，把他們帶到邊界，然後要他們大搖大擺地闖進西屬撒哈拉，見到東西就吃，見到房子就住，好像蝗蟲一樣捲地而來。西班牙人既不能把他們都殺掉，也無力封鎖全部邊界，只得向聯合國求救。聯合國碰到這樁麻煩事，也僅能在既成事實的基礎上調解。調解的結果，一九七六年二月二十六日，原西屬撒哈拉的三分之二併入摩洛哥，三分之一併入茅利塔尼亞，哈珊國王耍無賴式地無武裝大進軍，竟然一舉成功。

迪必多一年之後訪問摩洛哥，當然是「學習革命經驗」去的！我自從研究加西亞的民兵組織以來，才發現他們在一九七七年以後，逐步加強沿海人民動員的訓練，並增建漁船。這正像一幅散亂的拼圖，當我把它逐漸完成時，拼出來的竟是一顆可怕的定時炸彈！

侵襲前三個月又二十七天

藍、橙兩色的晚霞轉成灰紫，暮靄漸漸合攏。邱瑞揚獨自坐在辦公室裡，資料文件擺滿桌上，卻沒有開燈。

電話鈴響打斷室內的安謐。邱瑞揚嘆口氣，打開燈才拿起話筒，意外的電話裡是一個吞吞吐吐的女人聲音：

「邱大哥，我，我是徐櫻芬，吳盛嘉的太太。」

「大嫂，您好，有什麼事嗎？」

「對不起，實在不好意思跟您講這件事，可是盛嘉他，我覺得他這個月以來有點怪，在家的時候就拿了一大堆氣象資料，自己關在房間裡看，對我和小孩都愈來愈凶，小雯被他打哭幾次了，我勸他找你出去釣魚散散心，他聽了就把魚竿什麼的都摔到院子裡。你們最近見面的時候多，所以我想問一下。」

邱瑞揚儘量使聲音變得誠實和藹：

「大嫂，盛嘉兄的工作確實很忙，他又是個凡事認真的人，你知道，前些時候氣象局預報要進入梅雨季，雨卻來得晚了，結果有些地方缺水，又有人去罵，他可能為這個煩心，我會勸他。」

「唉，他做了這個預報主任，就從沒有真正高興過，除了前些時候跟你釣魚之外。」

「我最近也忙，沒有和他深談。這樣好了，今天晚上我請他吃飯，和他談談，就先代他向大嫂告個假。」

徐櫻芬憂心忡忡地道謝後掛上電話，邱瑞揚立刻撥給劉學禮。

「劉老，還沒下班？盛嘉最近情緒不太穩，是不是那計畫我們向他提得太早了？」

「瑞揚啊，」劉學禮的口音聽起來有點怪，他是島上東南角岱屏市那邊的人，年近六十，很難改過來：

「這計畫雖說國外有資料可以參考，但是真要做到能用的地步，非得花一段時間不可。我覺得，如果今年夏天就要準備好的話，現在的進度都嫌晚了。」

「好，那我馬上請他吃晚飯，我們一起談，到內苑吧，那裡氣氛比較好，也方便說話。我訂好特別套房就去接他，七點那裡見。」

內苑韓國餐廳其實是敵情中心的外圍組織之一。世故練達、風情萬種的高眺身材女經理和穿著韓國傳統衣裙，跪坐在客人椅旁的女侍，使得晚餐的氣氛一開始就很輕鬆，大量的啤酒和打情罵俏，不久就染紅了三個男人的面頰。飯後，端進茶和毛巾的是女經理本人，邱瑞揚在她遞毛巾時一把抓住她的手，拖得她彎下身來，邱瑞揚吸吸鼻孔嗅了兩下說：

「你今天又設了『埋伏』，不過這兩位可都是正人君子，用不上啦！尤其這位吳先生，名字裡就有一個盛字，既是青年才俊，又是聖人，所以等下我們就要自己談了。」

女人立刻嬌嗔起來：

「好哇，邱先生，你這張嘴什麼都留不住，我要告訴這裡的每一位小姐，對你特別防範——吳先生是第一次來？這是我的名片，請指教。」

吳盛嘉看清名片上史翠儀三個字時，她已經對他們一一微笑致意，帶上門走了。邱瑞揚說：

「她平生好用『埋伏』牌香水——Ambush，所以有這個笑話。劉老，盛嘉兄，把衣服寬寬吧，這裡我們可以放心說話。」

「吳兄，邱兄，」劉學禮雙手按著桌子立刻發言。他是個枯乾精瘦的人，留著花白的小平頭，一雙手青筋暴露。

「我想，今天我們三個人在這裡，我比兩位虛長幾歲，有些話就先說了，而且要直說。邱兄，以我這個一輩子研究颱風的人看來，你的計畫非常大膽，有多少效果，誰也沒法保證；而且這計畫要花的錢非常多，所以你的上級一定要全力支持，要嚴格保密，還要瞭解它功效上的限制，否則將來萬一不靈驗，我和吳兄兩個負責實際操作的不用加西亞動手，就會被自己人殺頭了。」

邱瑞揚連忙說：

「劉老，您放心，我為這件事見過中央決策會的雷委員，他保證全力支持我們，並且要我就各種應變計畫，包括這個維納斯計畫，直接向他負責。」

劉學禮點點頭，轉臉向吳盛嘉說：

「氣象人員不好做，我幹了幾十年，挨的罵比誰都多；可是國家今天碰到的危險，氣象可能就是解決的方法。現在情形已經很嚴重，每一個人都應該為國家，也是為自己想辦法，我們學氣象的當然不例外。」

看見吳盛嘉低頭不語，劉學禮叫邱瑞揚：

「瑞揚兄，你先說說為什麼有這個計畫好了。」

邱瑞揚清清嗓子，聲音變得不帶酒意：

「我也要藉這個機會講講半年多以來我做了些什麼。從情報研判，加西亞絕對有我擔心的陰謀，只是時機還沒有成熟而已。怎麼對付？最初我想立刻公布資料，提到聯合國去，可是上面認為這樣一定影響到國內人心浮動，國際上第三世界會鼓掌叫好，我們能得到多少支持很難說；後來我又想到在國內有限度公布，一方面號召人民愛鄉保土，到時候發下武器給漁民和沿海居民都可以，可是上面考慮我們不可能永遠搞這種群眾運動，加西亞大可等到我們『狼來了』喊夠了才動手，那主動更變成他們的了。還有核子武器、細菌武器也都想過，問題是這些東西必須對已經集結而尚未出發的加西亞人使用。一旦如此，國際上罵我們殘酷屠殺還是小事，永豐海峽只有一百多公里寬，放射線跟傳染性，一定會傷到我們自己。」

他終於發現吳盛嘉在注意聽了，聲音不知不覺提高：

「總而言之，這些都是逼不得已才能用的手段，最好能找到神不知鬼不覺就可以暗中解決的辦法。我把頭想破了都想不出來，最後有一次跟一個海軍的朋友聊天，他講到小型飛彈快艇的耐波力問題，我靈機一動，想到既然七、八級風力以上海軍的快艇作戰都有問題，各種七拼八湊的小船耐波力更差，當然更不用講。那麼，只要我們預先知道加西亞動手的日期，就可以想辦法改變永豐海峽的天氣，讓老天給他們一個迎頭痛擊。」

「所以颱風就是你的答案。」說話的是吳盛嘉。

「對，而且是我經過推理得來的。」

吳盛嘉搶著說：

「今天大家既然把話說開了，我也不再忌諱什麼。颱風的力量，不是我們人類所能想像的，一個起碼的颱風所含的能量，就相當於幾百顆氫彈。你們這個，哦，維納斯計畫，姑且不談道德上該不該做，光是技術上就困難重重，理論上說得通是絕對不夠的。」

邱瑞揚的目光轉向劉學禮，劉學禮按熄手上的香菸說：

「瑞揚兄，盛嘉說得不錯，人要想駕馭颱風，沒有那麼容易，這點等下我再詳細分析。現在還有兩件事不能不說，第一，我們這個區域夏天、秋天才有颱風，加西亞要是冬天過來，我們學氣象的可沒有辦法；第二，他們既然要放船，就不會選已經有颱風的時候，而沒有颱風的時候，如果這個地區全被高氣壓籠罩，天氣穩定，那我們還是沒辦法，只有在碰巧沒有颱風，但有小型的熱帶性氣壓可以培養的情況下，維納斯計畫才用得上。」

邱瑞揚立刻接道：

「冬天永豐海峽吹東北季風，風浪太大，小船不適合航行。至於夏天會不會碰上有低氣壓可以培養成颱風，我們因為有在敵後的工作人員，影響加西亞的最高決策當然不可能，但把他們放船的日子提早或者拖延兩三天，還有希望。」

吳盛嘉站起來想推開窗戶，卻發現那只是個裝飾品，他們是在一個密閉的室內。

「作孽，所有的人都在作孽，無時無刻的作孽！」他突然轉身倒了一杯啤酒一口喝下，把杯子一放，對邱、劉兩人說：

「我已經沒有選擇了對不對？誰讓你們選上我？不過，颱風永遠向氣壓低的地方跑，它的路線絕不是人力可以改變的，到時候來不來，冥冥中自有天數，就看大家的命吧！」

他的眼光黯淡下去，劉學禮掏出筆記本，拍拍他的肩膀說：

「我瞭解。瑞揚兄，你可不要再動腦筋要我們把颱風拉過來，那是不可能的。現在大家來看看計畫的進度細節。」

當天午夜，邱瑞揚從家裡打電話給劉學禮：

「劉老，薑是老的辣，今天謝謝您，盛嘉大概沒問題了。」

劉學禮答話的聲音卻帶著蒼涼：

「瑞揚，我今天的話都是真心話。這件事你的工作已經告一段落，我和盛嘉的才開始，我們需要上面大力支持，務必拜託協調。」

侵襲前兩個月又三天

螺旋槳飛機在激烈的氣流中格格作響，駕駛員身體前傾，拚命想從雨刷剛刷掉玻璃上雨水的一剎那，儘量看清楚前面。飛機抬起一陣後，猛然被一股下沉氣流壓得急降，機裡每個人都感到血液衝上頭頂，目眩神搖。吳盛嘉還沒有定下神來，耳機裡又傳出劉學禮的聲音：

「VS2，你們飛進眼區裡去了，快飛出來。」

吳盛嘉望望窗外，果然雲層稀疏，雨也變小，正是尚未成形的颱風眼區。他連忙回答：

「知道了，VS1，剩下的都知道了。」

他摘下耳機，拍拍副駕駛的肩大聲吼道：

「等下開始被抬起來以後，數到五就放。」

副駕駛做了個沒問題的手勢，頭也不回地問道：

「你們怎麼老往這種地方鑽？我還沒見過坐飛機這樣苦命的人。」

「我早就認了——唉喲！」

機首突然向右方上升，打斷吳盛嘉的話，正駕駛努力握住舵盤，副駕駛開始計數，數到五的時候，他按下儀表板上一個紅色的鈕，外面忽然增大的風雨，使吳盛嘉什麼也沒有感覺到，那副駕駛倒是頗有默契地說：

「放心，都放下去了，我們終於可以回家了。」

吳盛嘉戴上耳機，劉學禮的聲音又出現：

「VS2，VS2，請回答。」

劉學禮在那邊放心地呼了一口氣：

「VS2。」

「嗨，幹得好，可以歸矣。」

吳盛嘉不禁失笑，心情輕鬆很多。劉學禮小時候念過幾年老式的私塾，古文背了不少，緊張的時候常常不知不覺地冒出來。正駕駛扳動舵盤使飛機轉向，加速脫離這個輕度颱風的範圍。

傍晚，六架運輸機終於依序降落。邱瑞揚已經等在軍用機場，吳盛嘉打個電話給徐櫻芬，告訴她不回家吃晚飯後，三人驅車直奔氣象局。

到了氣象局，三人跨出車外，不約而同地仰頭望天。藍天的顏色正迅速轉暗，幾塊孤立的大型雲團隨著東北風疾馳過來，小雨突然落下。

「這些是傑夫先生的前鋒，我們看看他怎麼樣了。」劉學禮說著，領先跑進預報大樓。

預報處是永遠有人值班的，有颱風的時候人更多。一個戴眼鏡的年輕女職員正伏在桌上，把電腦打出來密密麻麻的資料填進天氣圖，另外三個人在會議桌前大聲談話，幾份圖表攤在桌上，他們看見吳盛嘉進來，紛紛起身打招呼。吳盛嘉走到桌前略略看了一下，對其中一個年紀大一點的說：

「老陳，繞極衛星的圖片來了以後，就開預報會議，看看要不要發警報。」

那人認出劉學禮，大家寒暄一陣後，吳盛嘉叫來坐在門口的女工友，掏出幾張鈔票說：

「去買三份便當，泡三杯茶，到衛星組把最近兩次的繞極衛星照片拿給我，等下新圖片來了也立刻送來。」

三個人在吳盛嘉的辦公室裡一面吃便當，一面傳來傳去地看那兩張照片。劉學禮向邱瑞揚解釋，照片上的傑夫颱風很微弱，連明顯的颱風眼都還不容易找到，邱瑞揚心裡明白，它完全符合兩個氣象專家提出的條件，是個上佳的實驗對象。半小時後，工友敲門進來，送上他們焦急等待的照片。

照片上永豐海峽東南方太平洋上的一團白色雲影，立刻被六隻眼睛盯緊。吳盛嘉首先驚叫：

「有了！」

劉學禮拍拍他的手臂，吳盛嘉馬上閉口。即使是邱瑞揚，也看得出那團白色中央偏左上的部分裡，有了一塊小小的黑色區域。傑夫颱風的眼已經形成，它增強了！看來他們白天冒險飛進颱風中心附近投下的碘化銀有用了！

邱瑞揚默默地向兩位專家握手道賀，接著他說難得來一次氣象局，有意參觀一下預報工作。吳盛嘉心不在焉地表示歡迎，他雖然接著就有預報會議要應付，心裡所想的卻全是兩個月以來的研究：

一九六〇年代初期，美國開始在加勒比海地區實驗「破風計畫」。他們前後三次各選一個海上的颶風，派出飛機把碘化銀、乾冰等促使水蒸汽凝結的物質，投放在距離颶風眼有一段距離的暴風圈裡。這樣一來，從四面八方向眼，也就是颶風中心環繞集中的雲，紛紛在離眼頗遠的地方就凝結成雨落下，也就使颶風能量的來源分散在廣大的面積上，而無法集中在中心附近應用，眼旁風雨最強的一圈牆壁一樣的雲層因之衰退，颶風的威力也因為能量平均分布而減弱，在侵襲陸地時，不易造成災害。最後一次的實驗以一九六九年的黛比颶風為目標，結果在投撒碘化銀的時間裡，確實使它風力減弱，獲致成功。

西太平洋上的颱風和加勒比海的颶風是完全同樣的東西，因此「破風計畫」的理論如果倒過來應用在颱風上，也應該可以行得通。換句話說，以飛機攜帶碘化銀，投撒在這些熱帶性低氣壓中心附近的雲牆裡，將可以促使中心附近的降雨增加，潛熱釋放集中，於是能量集中，威力增強。小颱風可以因此變成大颱風，還沒有形成颱風的熱帶性低氣壓，可以使它形成颱風，甚至熱帶海洋上一個不穩定的大氣擾動，都有可能幫助它形成熱帶性低氣壓。

道理就這麼簡單，還是邱瑞揚這個氣象學的門外漢提出來的，那是他查出永豐海峽只有夏秋兩季適合小型船隻航行後，和劉學禮一次長談之下，頓悟出的成績。維納斯計畫最初的一段時間，遂以用碘化銀製造雨為主要的工作，但表面上說是在設法解除梅雨缺乏的旱象。有一家電視公司的記者竟然要求登機採訪人造雨實況，為了避免新聞界起疑，劉學禮也就在通知邱瑞揚後答應了。結果雨及時而降，賓主皆大歡喜。

初步的實驗使他們信心大增，邱瑞揚因此徹底說服了他的上級，大筆的經費撥下來，空軍的部分運輸機也經過改裝，供他們調派應用；然而保密的要求隨之嚴格，從此之後，一切進入祕密進行。邱瑞揚甚至有辦法要決策委員會對氣象局長下令，吳盛嘉被徵召從事研究的時間一律公假，而這時間是完全不確定，也不事先通知的。

預報會議在初降的夜色中召開。預報處的人員圍在一張長桌邊坐下，姓陳的中年人首先指著釘在活動架上的天氣圖，說明一小時半以前的天氣狀況，然後他拿出衛星雲圖給大家傳閱，用帶著一點擔憂的聲音說：

「傑夫颱風發展得非常快，現在最大風速每秒三十三公尺，已經是中度颱風，依照高、低空導引氣流來看，它轉向的可能性不大，我建議發出海上警報。」

吳盛嘉點點頭，望著他右邊的一個人說：

「譚兄，前例怎麼樣？」

那人立刻答道：

「一九七一年露西颱風、一九五四年艾達颱風，都是類似的情況。北方高氣壓強大，颱風路線保持西北西，一直通過南方外海。」

吳盛嘉看著手上的資料沉思一會，下定決心似地做出結論：

「發出海上警報。」

會議立刻結束。與會人員各忙各的，很快走得一個也不剩，只有吳盛嘉仍坐在桌前，凝視著衛星照片，邱瑞揚端著兩杯熱氣騰騰的咖啡，推開主任室的門向他走去。

把吳盛嘉送回家已是十點，邱瑞揚熟練地駕車駛出小巷，一面向劉學禮說：

「劉老，我看盛嘉還有心事，後來開預報會議就不一樣了，講話都充滿自信。」

「不錯，盛嘉的確是個好氣象人員，一旦開始本身的工作，就全力投入，心無旁騖。我原先還怕他說漏了嘴，看來他在局裡是不會了，我也比較放心一點。」

劉學禮把車窗搖下，在潮溼悶熱的夜色裡自言自語地接下去：

「真是個優秀的青年，一個好氣象人員……」

「是的，劉老，是的。」

侵襲前兩個月又一天

傑夫颱風並沒有像氣象預報一樣向西北西進行，它在警報發出後不久速度就慢下來，不顧橫亙在北方的高氣壓而變成近似滯留，同時它的威力不斷增強，等到成為強烈颱風時，北方高氣壓出了一個缺口，於是它緩緩地向北北東轉東北移動，朝日本吹去。

氣象、農業、水利、交通、警察等單位都鬆了一口氣。前一天報上還炒得很熱的颱風新聞，忽然只剩下不起眼的一小塊；可是晚上聚在內苑餐廳特別套房裡的三個人卻心情沉重，雖然有女經理的殷勤服侍，仍然愁眉不展。

飯後又剩下他們三個人。劉學禮放下香菸，從口袋裡掏出一個小瓶子，倒出一顆暗綠色的藥丸放進嘴裡，指指瓶子做個請的手勢：

「咳嗽藥，要不要來一顆？」

邱瑞揚從沉思中抬起頭來。

「不用了，多謝。劉老，颱風還是真難控制，把它培養成功又不來了，照這樣下去，您看這計畫成功的機會有多少？」

「難說啊，我想我們現在最重要的，是檢討這次失敗的原因，下次想辦法改進。盛嘉，傑夫颱風在大區域氣象狀況不變的情況下滯留，你能想出什麼道理？」

吳盛嘉緩慢地說：

「我已經徹底分析過這次行動，毛病，可能出在投撒碘化銀的位置上。」

隨著劉學禮深深點頭，他繼續說：

「我們是把眼牆劃成六區，各派一架飛機去撒，可是在暴風雨裡飛機定位很難，也許東西大部分撒到同一個地方去了。」

劉學禮立即接道：

「不錯，如果眼牆的某一部分潛熱忽然放出過多，一定會影響到颱風中心的平衡，於是它就搖擺不定或者原地打轉，鄰近地區氣壓一有變化，當然轉向。瑞揚兄，我有辦法了，下次實驗，要飛機一架一架地輪流去，每架都圍繞著眼牆飛，不斷慢慢撒，這樣不但平均，還不會使效果中斷。」

「是，劉老，就這樣辦吧。」

侵襲前五天

灑滿大地的白亮秋陽，使首都的冷氣機又開始轉動。對吳盛嘉來說，在這天高氣爽的季節，幾乎所有的事都上了軌道：每天研判氣象資料，開預報會議，核擬一些無聊的行政性公文。自從傑夫颱風以來，又碰上兩次適當的機會，都和劉學禮去撒布碘化銀，然後緊張地守候一陣。改用劉學禮的方法撒布之後，颱風的動向似乎比較不受這種人為力量的影響了，但是效果仍然無法完全確定，也只有再等機會去做。

家裡小雯九月初升上二年級，徐櫻芬也找到一份半天的工作，重新就業使她精神煥發，用錢也大方起來，他們買了一架鋼琴給孩子，一家三口星期天還到海邊去釣過魚，這一次他的運氣好轉，連連把魚拉上岸，樂得小雯拍手直說他是「魚多多爸爸」。

午後的電訊組辦公室陰暗而涼爽，吳盛嘉心情愉快地推門進來問道：

「今天有沒有事？」

戴眼鏡的女職員停下抄寫工作，站起來說：

「沒有事。哦，這是今天加西亞的天氣預報，剛剛收到，我複印一份給您。」

吳盛嘉回到自己的辦公室，坐下後不經意地攤開那份複印文件。他看了一下，臉上忽然掠過一絲懷疑的神色，立刻站起來走向衛星組。

吳盛嘉在電話上找到邱瑞揚，已經是兩個小時以後，他只說了一句有不尋常的發現，就被邱瑞揚打斷：

「對，可能真是時候了。盛嘉，要請你馬上到我這裡來一下。」

吳盛嘉趕到邱瑞揚那裡時，他反而不在，警衛客氣而堅決地請他在會客室裡等。五分鐘以後劉學禮匆匆趕來，又過了一會，邱瑞揚才到，三個人在辦公室坐定，吳盛嘉立刻說：

「加西亞大概是在發假資料、假預報了。你看，這是他們最新的預報，可是依我們的觀測跟分析，永豐海峽未來兩三天都是晴天，不可能有強風陣雨。」

邱瑞揚的眼睛射出光芒，聲音高昂急促：

「敵後情報說，他們已經結集了四千多艘船，正在編組人員，第一波要來的估計就有五、六十萬。賴耶發年紀大了，急於立功，也是為他內定的接班人鋪路。還有人說他得了腎臟病，最近惡化到靠洗腎維持生命，再不幹就來不及了。」

劉學禮打開帶來的公事包說：

「軍方的氣象資料都在這裡。我的研判和盛嘉一樣，未來幾天如果沒有特殊的變化，永豐海峽都適合航行，除非……」

其他兩個人幾乎同時說：

「找到一個颱風！」

吳盛嘉急忙把衛星照片拿出來。他用筆指指照片上本島東南東方海上的一個區域說：

「目前雖然沒有颱風，但是這個地方有生成的希望。」

電話鈴忽然響起，邱瑞揚拿起電話喂了一聲，沉默一下馬上大聲吼道：

「趕快發！只要一出海捕魚就發，子彈也要，回港的時候再把槍收回來……不要這個那個，只管去辦，上級早就同意了……對對，告訴漁民最近有加西亞海盜。好，再見。」

他剛一放下話筒，鈴聲又立刻響起，這次邱瑞揚接聽後聲音變得恭敬：

「是，雷委員……我正在問維納斯計畫的情形，立刻過來……好，只要可能就立刻做。」

他掛上電話苦笑一下說：

「又要我去了。總之，維納斯計畫只要有機會就馬上做。劉老，請您全權決定，到時候告訴我一聲就行。盛嘉兄，氣象局方面，暫時該怎麼報還是怎麼報，有必要改變我再請你幫忙。兩位計畫一下，我失陪了。」

邱瑞揚匆匆走掉。吳盛嘉腦子裡一片混亂，劉學禮拍拍他的肩膀說：

「他們因應的計畫很多，你剛才也聽到了，我們只是其中之一，其實還不是他們寄望最大的。來，我們看看有沒有小兵立大功的機會。」

侵襲前兩天

吳盛嘉去機場前從辦公室裡打電話回家，接電話的是小雯：

「爸爸，我今天上半天課，媽媽接我，中午我們去吃炸雞，好好吃喔。」

一陣猛然升起的憐愛和憂懼，幾乎淹沒了吳盛嘉，他定定神說：

「小雯，要乖乖的，爸爸出差的時候聽媽媽的話，不要吃太多糖，你做的勞作留下來給爸爸看。好，叫媽媽來。」

當妻子熟悉的聲音從電話裡傳來時，吳盛嘉衝動得幾乎想把一切都告訴她，但他終於忍下來，說出他想好的話：

「小芬，我又要加班出去一趟，大概兩、三天，回來以後就想到鄉下休息一下，太忙了。你上次不是說想回娘家幾天嗎？明天星期六，你就帶小雯回媽媽那邊去，我回來以後，星期天去找你們。」

「盛嘉，有什麼事嗎？」

對徐櫻芬妻子本能式的擔心，吳盛嘉只得改變語氣：

「我沒事，只是太累了，想休息一下。你回去以後就訂個黑原溫泉旅館的房間，就是我們度蜜月的那家。星期天我來了再看能不能去，我很想念那地方。」

「可是我剛上班不久……」

「小芬，你一定要聽我的話。明天星期六，中午的車剛好，到媽那裡見了面，我會跟你詳細說。」

徐櫻芬終於答應，吳盛嘉抓起資料跑下樓，外面已經有一連串的事在等他：劉學禮的車在門口，飛機在軍用機場，而一個初生的熱帶性低氣壓，正在首都東南東方一千一百公里的海上。

過去的兩天半讓人焦灼難耐：天氣依然穩定，劉學禮頻頻打電話來核對氣象狀況，但是一直沒有他們希望的改變出現，邱瑞揚已忙得找不到人，吳盛嘉也知道這個時候不該去找他。加西亞的預報仍然不符實情，今天上午更乾脆以「儀器損壞」為理由，停止對世界氣象組織供應資料，以致天氣圖上加西亞的區域竟成為一片空白。雖然沒有邱瑞揚那裡的消息，但從氣象資料判斷，就足以確定加西亞的入侵已迫在眉睫；可是市面繁榮依舊，表面上看不出有什麼預備的措施，而吳盛嘉和劉學禮所能做的，只有不斷地探尋任何一個氣象上可以利用的機會。

走上停機坪，吳盛嘉才發現機場的警戒和防衛確實加強了，除去空軍以外，有陸軍的部隊在活動，高射炮位也增加。機門關上前，他看見首都南邊青蒼的山脈，不禁默唸天祐我國，天祐維納斯計畫。機會終於來到，他也終於能夠直接參與抵禦外侮；然而這股遙遠海洋上初生的自然力量，真的能夠把它培養壯大，它又會向期望的方向走來嗎？吳盛嘉略一出神，飛機已經在震耳的引擎聲中拉離地面。

改裝的C-130型飛機每撒布一次，最初要來回飛行四個多小時，出動的頻率是每兩小時一架次，每一個航次，都必須將通訊減到最少，並且在不斷地與強風搏鬥中，隨時提防加西亞偵知後可能的襲擊。連續的緊張工作使所有的人員逐漸疲憊，全憑高昂的士氣撐持，唯一讓人欣慰的是，入夜以後每次出動，飛行的時間逐漸縮短了。這個被他們強迫餵食的熱帶性低氣壓，中心氣壓只有九百九十八毫巴，最大風速每秒還不到十五公尺，還是個小可憐，可是，它畢竟在黑夜裡詭異的海洋上，一公里一公里地逐漸接近中。

侵襲前一天

吳盛嘉在初秋鉛灰色的晨光中醒來，立刻抬腕看錶，時間是六點十五分。他從睡了三個多小時的沙發上站起來，眼眶乾澀地走向窗口，推開窗戶，深深吸進一口清晨的空氣。氣象局的院牆上有麻雀碎叫著飛上飛下，天上雲量不多，牆外傳來公共汽車駛過的沉重聲音。吳盛嘉拿起茶几上的玻璃杯，喝下一口昨夜的殘茶。他正要轉身走開，卻發現局長的黑色轎車，急急地開進樓下的停車場。

氣象局長莊哲安果然直接走進吳盛嘉的辦公室。吳盛嘉正要開口，莊哲安搖手阻止，一面關上房門說：

「盛嘉，他們都告訴我了。從現在起，他們提供兩套不同的資料，我們把工作分開，對外發布的預報我來負責，他們給什麼資料，我就發什麼消息；至於另一套真實的資料，就交給你去辦了。」

他伸出手來，吳盛嘉立刻感激地握住。

「局長，謝謝您。過去我真抱歉，請您原諒，我一定努力。」

下午一點四十分，最新的飛機觀測報告送到。吳盛嘉打開寫著他親收的絕對機密信封，驚喜地發現裡面的紙上是劉學禮的親筆字：

中心風速二十三公尺，半徑一百五十公里，進行方向西北西，時速二十二公里——

Winona。

外面的預報會議又該開了吧，吳盛嘉相信莊哲安手上的資料，一定顯示它還是個熱帶性低氣壓。在只有幾個人知道的世界裡，大自然慷慨地報答了他們的祈求，海的女神祕密誕生了，這一次，她叫溫諾娜。

電話鈴聲響起，吳盛嘉立刻接聽。

「盛嘉，我在火車站，還有五分鐘開車，你真的要我回去？」

吳盛嘉斷然地說：

「對，回去玩玩，我明天就來。」

說完，他毫不猶豫地掛上電話。

漫長的白天漸漸熬過，傍晚時候，吳盛嘉和莊哲安爬上氣象局的樓頂，向西眺望。太陽在大塊的雲中緩緩落下，西方的天空水汪汪的，出現幾條黃藍相間的放射狀彩雲，小雨時有時無。吳盛嘉搖搖頭說：

「局長，我想颱風消息瞞不住了，這情形任何一個略通氣象的人都看得出有颱風。」

「沒錯。劉學禮的做法我已經摸懂了，他給我發布的資料永遠比真的輕一級，晚上就發輕度颱風消息吧。」

他們腳下的城市，燈光紛紛點亮，人聲、車聲仍在隱隱地沸騰，晚上的熱鬧才剛開始。兩人嘆口氣，默默走下樓梯。

侵襲當天

凌晨兩點三十分，劉學禮終於又出現在氣象局。他鬍子沒刮，多稜角的臉上神色疲倦，只有雙眼精光暴射，給人一種嚴厲的感覺。莊哲安把他讓進局長室，立即問道：

「學禮兄，他們究竟什麼時候放船？」

劉學禮在沙發上重重地坐下說：

「據說是明天，不，今天晚上。我們在那邊的人製造了一些小亂子，他們對氣象也在觀望，合起來就延後了一天。幾個小時前，我們的一架氣象觀測機竟然在回程的路上，擊落一架他們的觀測機，顯然是雙方狹路相逢。還好本軍周總司令前些時候有指示，不管什麼飛機都加上武裝，這下子C-130上的機關炮派上用場了。」

不等另外兩個人說話，他就接下去：

「不過，現在大家都不敢再到颱風那裡去了，誰的觀測機去了都可能被對方派戰鬥機打下來。哲安兄，從昨天起，已經對外發布的消息趕快給我看一下。」

莊哲安把一疊資料遞給他說：

「晚上十點半的氣象報告已經發出溫諾娜的消息。哪，在這裡，中心北緯十八點七度，東經一一七點六度，我們發的是最大風速二十三公尺，半徑一百五十公里，進行方向西北，速度十二公里。」

「從你這消息看，它雖然不會在我們這裡登陸，但是今晚仍然會影響到。」

「學禮兄，你也知道，我們不能閉著眼睛說沒事。加西亞也有衛星接收設備，所以位置絕對假不了，我們能做的只有輕報它的威力，速度報慢一點，方向偏北一點，我們已經盡力了，再輕就要穿幫。」

「我知道，可是實際上溫諾娜已經是最大風速三十八公尺，半徑兩百公里的中度颱風，方向西北西，只有速度慢下來，倒和你們報的差不多。」

吳盛嘉忽然插口說：

「這是最重要的一點。溫諾娜移動速度慢了，局長，劉先生，您想溫諾娜會轉向嗎？」

「現在北方高氣壓分裂中，中間出了一道槽，所以溫諾娜的速度慢下來，我想天亮後它會轉向。如果槽線明顯，中午就可能轉成北北西或者正北，下午再轉北北東，那它就要在永豐海峽以東通過，那，維納斯計畫也沒用了。」

「他媽的！」劉學禮罵起來，聲音異常疲憊和憤怒。

「可是還有一種希望。如果溫諾娜北上後，西邊的主高壓再度增強，並且向東延伸，那它就會被壓得再偏西進行，剛好穿過永豐海峽。我查過了，一九六三年九月葛樂禮颱風侵襲臺灣，就是這樣的例子。當時臺灣的氣象局預報它會一直向北進行，要大家安心睡覺，結果夜裡它被高氣壓壓得走向西北西，臺灣損失慘重。」

吳盛嘉說完，三個人陷入長久的沉默。他們都是頂尖的氣象學家，其中兩個更一直經手培育颱風的計畫，然而吃盡千辛萬苦才創造出這個溫諾娜，到了關鍵的時刻，三個人中竟沒有一個能準確預測出這個關係千萬人命運的海上女神，會以怎樣的行動來決定他們的命運。

最先打破寂靜的是莊哲安，他虔誠地說：

「上主保佑我們。我看，到時候只有先發溫諾娜轉向的消息，至於它會不會再偏西，就交給上主了。」

「去你的主！就這麼辦了，他媽的如果溫諾娜不來，老子就拿起衝鋒槍跟加西亞龜兒子在海邊拚了！學氣象學了一輩子，從來沒有這樣窩囊過。」

劉學禮說完向兩人點個頭就走了，兩人知道，他必須向上級報告氣象方面的決定。吳盛嘉回到自己的辦公室，拿起桌上放著妻女照片的小相框，他關了燈，把相框抱在胸口，在沙發上躺下，極為疲倦的身體卻久久無法入睡。

下午四點二十分，戴眼鏡的女職員推推眼鏡，再看一遍手上的紙張。她身後的三個男人一語不發，六隻滿布血絲的眼睛也盯著那張紙，她清清嗓子對著面前的錄音機說話：

「氣象報告。九月二十五日下午兩點的天氣概況：中度颱風溫諾娜，中心在北緯二十點四度，東經一一六點八度，即在首都東方四百二十公里處，向北轉北北東進行，時速十公里，中心附近最大風速每秒三十五公尺，暴風半徑兩百公里。這個颱風將繼續偏北移動，吹向東中國海，我國東部海面船隻應注意。今天首都地區天氣多雲時晴，偶陣雨，氣溫最高二十九度，最低二十度，北部平原多雲……」

女職員一字一句地唸下去，唸完之後，莊哲安看著她把錄音帶放進電話局氣象電話的專用小盒，三個人才走回局長室。劉學禮關上門就說：

「要來的終於來了。我剛從中央調查委員會回來，看了一些邱瑞揚的資料，加西亞的動員力量真可怕，搞人海戰術還能井井有條。據敵後的情報，他們要今天五點放船，預備天亮之前登陸，現在大概已經出海了。」

另外兩個人立刻瞪大了眼睛。吳盛嘉忽然想起什麼似地說：

「那我們為什麼不乾脆發出警報，嚇嚇他們？我們自己也一點防颱的準備都沒有。」

「不行。加西亞內部堅持這次出動的是賴耶發本人，他只想儘早立功，非逼不得已，不願意解散已經結集的人。這是我們的機會，一定要把他們誘出來，否則他們這次不來，明年如果賴耶發死了，他的繼承人還是會這樣幹。這是他們既定的政策，可是那時候，就不見得有颱風可以用了。」

莊哲安拿下老花眼鏡，指指桌上的兩張照片說：

「盛嘉，不要想太多了。學禮兄，溫諾娜要來的證據你看一下。」

劉學禮喜形於色地拿起照片仔細端詳。吳盛嘉說：

「上午起高氣壓轉強，溫諾娜是不久之前改變的方向，它正向西北西走，時速二十五公里，最大風速四十五公尺，半徑兩百公里，晚上就要通過永豐海峽。要不要私下通知各地防範？」

「千萬不行！」劉學禮漸漸不耐：

「賴耶發已經下令，不要讓他再收回。剛出海的時候是關鍵的時刻，不能驚動他。」

「可是……」

回答吳盛嘉的是一個熟悉的聲音：

「能通知預防的單位我們都通知了，其他的，只能說是代價吧。」

「是你！邱瑞揚。」

「莊局長，盛嘉兄，兩位做得好，雷委員馬上要來向兩位當面道謝，也是瞭解一下情況。現在麻煩局長把局裡全部和預報有關的人員留住，輪休的也都叫回來，這裡成了事情的中心，要加強警戒了。」

吳盛嘉愣在當場，玻璃窗上，已經有大滴的雨水打了上來。

侵襲後一天

被強風吹斜的雨滴，一陣陣猛打在氣象局預報中心的窗子上，窗外的樹在強風中來回地擺動，地面已經積水。天快亮了，預報處全體人員仍然在崗位上，會議不停地開，電話也不停地響，每接一次，都要費盡脣舌地向打來的人解釋，溫諾娜颱風午夜之前突然轉向，警報剛剛發出，必須加強防範，然後再聽一陣抱怨或叫罵。室內的氣氛凝重，士氣低落。

吳盛嘉一語不發地坐在辦公桌後，對面坐了一個穿西裝的年輕人，他是邱瑞揚的手下，雷委員和邱瑞揚走後就一直留下來。

桌上的專線電話刺耳地響起，吳盛嘉向面露警戒之色的年輕人說：

「別怕，我已經認了，不會說什麼的。」

他拿起話筒，一個暴怒的聲音跳出來：

「別以為總機不接，我就找不到你！你們是怎麼搞的？真是一群豬！颱風明明來了，還預報不來，這下好了，我倉庫裡的貨也淹了，兩部卡車都泡湯了，只有這電話不知怎麼還通。告訴你，我一定要你們賠，我有議員朋友，我們國會裡見！」

吳盛嘉用力掛上電話，電話卻立刻又響起來，這次是個尖酸刻薄的聲音：

「氣象大官，可憐可憐我們老百姓，不要再害我們了……」

吳盛嘉把話筒放在桌上，隨他去講。忽然女工友沒有敲門就跑進來，驚惶失措地說：

「門口，門口剛才來了幾十個人說要打我們，要把主任和局長拉出去，還好派來的警察和憲兵把他們擋住……」

話沒說完，戴跟鏡的女職員也出現在門口，喘著氣說：

「主任，記者都來了，《首都日報》、《國民評論報》、《真消息週刊》、首都電視、大運廣播，還有好多好多，正在門口和警察吵，都說要見您和局長，問颱風轉向的事……」

吳盛嘉彷彿一點也沒有聽見，他慢慢地對年輕人說：

「我要打個電話到黑原鄉下我太太娘家，她和我小孩在那裡。」

年輕人用帶著諒解的眼光默然點頭。吳盛嘉用顫抖的手按斷罵人的電話，撥出號碼，但是話筒裡什麼聲音也沒有，他掛上後再要長途臺轉接，接線生一聽到黑原時馬上回答：

「先生，對不起，黑原那邊全部不通，颱風太大了。」

吳盛嘉丟掉話筒，雙手蓋住臉，慢慢傾伏在桌上。

侵襲後四天

電視畫面上是吵嚷不堪的國會議場，中年男播報員以權威穩重的聲音說：

「彈劾案通過後，氣象局長莊哲安和預報處主任吳盛嘉立即辭職。據瞭解，他們的辭職將被接受，但莊哲安可能改為退休。氣象局長的遺缺，已內定由副局長宋福淳升任，新預報處主任的人選尚未決定。我們現在訪問國會議員李通文先生，請他就溫諾娜颱風預報失誤，造成重大災害的事件，發表他的看法。」

邱瑞揚站起來說：

「盛嘉，不要聽這些傢伙胡扯。雷委員說，總理這兩天就要召見我們，一定有嘉獎。你和莊局長的事，要先忍耐一下，到了適當時機就會平反，要不然軍方氣象單位也歡迎你加入。我們該走了，劉學禮去接莊局長，也快到內苑了。」

吳盛嘉沒有回答，直到電視上那個禿頭的議員罵完了，才抬起頭來說：

「瑞揚兄，不必跟我說這些，我早已經心平氣和了。跟這件事有關係的每個人都可憐，不只我而已。」

他從褲袋裡掏出一張折得歪歪斜斜的紙遞給邱瑞揚。

「溫諾娜正確的資料你們都收走了，只剩下這一張，是我那天匆忙中無意放在口袋裡的，算是漏網之魚。我本想自己保存，現在看開了，也怕了，就給你吧。」

邱瑞揚接過來展開一看，這張標示著九月二十五日下午兩點的颱風位置圖上，一條粗紅筆畫的線從東南東向西北西斜斜穿過永豐海峽，旁邊寫著：

預測路徑誰知道？—— I love Winona.

這時電視新聞已經換了一則：

溫諾娜颱風通過永豐海峽時，因為事出突然，大批加西亞的漁船也走避不及，有的沉沒，有的漂到我國的海岸。我國和加西亞雖然對立，但基於人道的理由，對這些加西亞漁民都集中接待，暫時安置在現在已經大部分空出來的越南難民接待中心，等待國際紅十字會的協助，以便遣返或安排前往第三國。據接待中心的方主任表示，國際紅十字會已同意協助，遣送的工作，將立即進行……

（一九八五年十月十二～十五日《中國時報》人間副刊）

（第八屆時報文學獎科幻小說首獎）

迷鳥記

熙明輪和一個中度颱風搏鬥了一天一夜，接近天亮的時候，終於脫離它的範圍。天亮以後，海面漸漸平靜，可以看見細長的黃褐色海草，隨著波浪起伏。上午八時五分，舵工杜茂財交班下來，在船橋外面發現一隻白底帶灰羽毛的黃嘴海鳥，疲乏地伏在一個角落。

好奇的舵工用一塊吃剩的麵包便把鳥誘了過來，抓起牠回到寢室。幾個沒有當班的新船員看見，七嘴八舌地圍上來，紛紛主張把牠吃掉，船上的廚子聞聲而來，走近一看立刻用帶著鄉音的大嗓門吼起來：

「蠢蛋！這玩意的肉又腥又韌，像塊牛皮，真是吃你個鳥！你想吃，我還不給你燒呢。」

一個小伙子不服氣地問道：

「老前輩，那你怎麼知道？」

「我像你這麼大的時候，就在溫哥華幹過這種蠢事啦。」

眾人一陣鬨笑，舵工等大家笑完了才說：

「我帶回去給我兒子玩。他養了兩隻小鳥，一直說牠們不夠大，這隻可夠大了。」

剛才那個小伙子又說：

「老杜，叫你兒子不要著急，他現在養的小鳥鳥當然不夠大，將來才會大。不過他能養兩隻，真不簡單。」

這次笑聲比上次還大，舵工在喧譁中找了一個紙箱，把海鳥放進去。鳥馴服地伏著，白羽毛在黑暗的箱子裡變成一團模糊的影子，只有眼睛炯炯發光。

一九八六年五月五日，星期一／阿佛瑞德・賀欽森（Alfred E. Hutchinson）

人叢中的桌子上兩頭各放了一隻橢圓凸殼的烏龜，中間盤著一條眼鏡蛇，頸子拉成扁平，高高矗起，蛇頭有時還微微地前後擺動。左邊的烏龜背上瑟縮地蹲著一隻黑毛小猴子，桌後打赤膊凸著啤酒肚的大漢用一枝細竹棍不斷地抽打小猴，一面大聲吆喝，一面比手勢，我雖然聽不懂他的話，也知道他是要猴子從蛇頭上面跳到另一隻烏龜背上。小猴子畏懼地看著蛇，遲遲不敢動，但棍子每打下一次，牠就全身顫動一次，不久牠顯然無法再抵抗，下定決心似地一溜煙從蛇後面跑過去，攀到另一隻烏龜背上，立刻雙手抱頭，預備挨另一頓棍子，觀眾大聲鬨笑，毫不同情。

忽然隔壁擺滿蝸牛和生菜的攤子裡冒出一片火光。我急忙偏頭去看，原來是那攤子炒蝸牛肉的鐵鍋太熱了，裡面沸騰的油燒起來，紅焰黑煙同時升起。掌鍋的中年女人只把鍋挪離爐子一點，等火熄掉，完全不在意腳旁的瓦斯鋼瓶。我回過頭來時，又看到蛇店的漢子一手指著眼鏡蛇高高昂起的頭，口沫橫飛地說個不停。

在兩隻烏龜、一隻猴子、一條蛇空洞的眼神注視下，與四周人群毫無禮貌地擁擠，刺鼻的油煙與加了香料的炒菜味，以及又快又雜、排山倒海而來的外國話聲中，我只感到十分不自在，原來對異國文化的好奇心消失一空，然而柯爾曼這傢伙竟全然無動於衷，他時而掛著一臉微笑地四下望望，時而和站在我們中間的吳先生談上兩句，用的也是本地話。這個搞情報的倒真是名不虛傳，有他一套不受外界干擾的本事。

我漸漸不耐，指指桌後的大漢問吳先生：

「他在說什麼？」

吳先生忽然有點不好意思起來，他期期艾艾地說：

「他說，他說蛇血和蛇膽有益健康……」

柯爾曼哈哈一笑立即接道：

「這裡的人認為蛇血、蛇膽、蛇鞭都是『補品』，或者更明白地說，壯陽藥。這傢伙剛剛說由眼鏡蛇抬頭這麼久都不放下來，就可以證明。」

我頓然領悟烏龜和蛇做為男性生殖器的象徵意義，體會到吳先生的尷尬，也領教了這個國家最著名的首都六角廣場夜市的面貌。在世界的這個角落，人類竟以這種方式對待共存於地球上的動物！看著四周亂糟糟的一切，我不得不更為那隻正在這個國家首都動物園的黃嘴鷗擔心了。

昨天接近午夜才抵達這裡，今天上午我們就看過那隻鳥了。牠是一隻雄性的黃嘴鷗，大約六歲，正當盛年，然而經過兩星期的隔離檢疫，每天在籠子裡吃飽了無所事事，牠的體能顯然因為缺乏運動而尚未完全恢復，神情也有些不安，畢竟對牠來說，這裡是一個完全陌生的環境，牠如果不是迷路，一輩子也不會來到這裡。

十幾天以前，有一個颱風以不尋常的西南西方向進行，通過這個布龍島的外海。這隻正向西北遷徙的候鳥，可能一不小心被捲進颱風的範圍，只得跟著前進，體力耗盡後身不由己地落在一艘這個國家的小貨船上，又不幸被船員捉住，帶進布龍國境。如果沒有這種遭遇，牠必然還在太平洋上翱翔前進，再有一星期就該到加西亞了。這種海鷗是候鳥，冬季在中太平洋的一些小島上度過，以捕魚為生，每年三、四月之交開始遷移，經過幾千公里不著陸的飛行，五月初到達亞洲大陸的加西亞。這時牠成為一種半內陸性的鳥，在加西亞的海岸、河川、湖泊、水庫裡都有分布，也什麼都吃，淡水魚貝、昆蟲，甚至垃圾都是牠的美餐。牠的卵產在水邊的樹林裡，等小鳥孵育長大後，約在十月下旬集體南遷，一路喧鬧地飛回原來大洋中的小島，年復一年，始終不變。

黃嘴鷗是我的老朋友，可是這一年來我待在克奇茲，這種海鷗也大概有一年不見了。動物的地理分布真有意思，在地球另一頭的我們克奇茲國本土並沒有這種鳥，但我國在中太平洋裡有幾個地圖上都不容易找到的小島，卻是這種海鷗冬季的大本營。做為一個鳥類學家，這是一種我認為絕對不能錯過的研究對象，可是萬里迢迢地跑到一些荒涼的小島上做研究，非有充裕的經費不可，我們克奇茲動物學會想了很久，都籌不到足夠的錢。直到五年前，不知憑什麼關係，學會和政府訂了一個合約，一筆龐大的政府預算撥下來，指定要研究太平洋屬地的鳥。我們大為興奮，就連那時入會沒多久的柯爾曼，都自告奮勇地要參加，會長大概是看他熱心又肯吃苦，就也把他選上了。

我們在中太平洋的萬頃波濤和三個芝麻大的小島上總共工作了近四年，計畫的名稱叫做「天頂」。當年計畫一開始，海軍立刻調來三艘船，改裝完成後，一行人航向茫茫的大海。

三艘船的船員雖然穿著便服，卻都是海軍軍人，只有我們這些研究人員才是平民身分。船上的設備新穎，有一艘還有一個直升機甲板，生活條件也滿舒適。

到達太平洋後最初的一段時間，我們不斷圍繞那幾個小島航行，慢慢拉大圈子，直到大約半徑三百海里時才結束。航行中每天從日出到日落，不斷地觀察鳥類，並且把看到的一切資料都記下來，包括鳥的種類、數目、動向等等。在廣漠的大洋上能如此無拘無束地觀鳥，是我們最愉快的一段時光。

然而好景不常，研究的第二階段充滿了血腥暴力。為了取得海鳥的標本，我們配備了獵槍，預定見鳥就打，對學會裡的同事來說，那是一段非常難過的日子。我們都是因為愛鳥才研究鳥，也才參加這個學會的，對於鳥類，每個人都有一份特殊的感情。在克奇茲，大家常常帶了望遠鏡、照相機與錄音機去觀鳥。躲藏在距離這些靈巧的動物不遠的地方，屏息欣賞牠們在枝頭曼妙的舞姿，聆聽牠們引吭唱出的天籟之音，原是我們最大的樂趣，一旦要我們舉槍謀殺這些不知人類、槍彈為何物的無辜動物，每個人都感到難以下手，最後柯爾曼建議把這工作交給船員才解決了難題，我們明知道這是掩耳盜鈴，也只得由他去。

那些海軍卻巴不得以此為樂，他們竟私下設定賭注，比賽起槍法來。船上的鳥屍馬上不斷地增加，我們也開始大忙特忙，因為每隻打下來的鳥都要解剖採血，看鳥胃裡有什麼食物，營養狀況如何，鳥身上有沒有寄生蟲，鳥血裡有沒有細菌、病毒等等，直到船上的冷凍庫裡堆滿了鳥類的樣本，這一階段的研究才告完成。我們如釋重負地啟航回國。回到克奇茲後把樣本送進海軍醫院做進一步化驗，大家才回家度假，正好趕上一個銀色的聖誕。

一個月之後，我們再度出發，揮別白雪靄靄的克奇茲，由大西洋穿過巴拿馬運河進入太平洋。這次我們的足跡踏遍那幾座滄海一粟的孤島，在崎嶇的黑色火山岩上，我們大舉捕捉海鷗，為牠們套上橙黃色的腳環，一直工作到四月初，牠們集體北遷時才停止。這段時間這些鳥愈吃愈肥，每隻都漸漸脂肪豐厚，精神飽滿，最後到了那個牠們被體內神祕的生物時鐘喚醒的日子，大群的海鷗朝西北方的碧海飛去，我估計有五、六萬隻。用雷達追蹤一陣後，我們揮別這個壯觀的景色，束裝返國。

第三次到小島是十月，四季的變化，對這些島嶼似乎並不發生影響，縱目所見，仍是一片碧海藍天。我們住在島上簡陋的軍營裡，每天站在懸崖上用望遠鏡向西北方眺望。我記得很清楚，那年十月十六日，盼望了很久的鳥終於飛回來，當大群灰白相間的海鷗徐徐降落，年初我們在牠們腳上套的橙色腳環映入眼簾時，我內心的興奮激動，實在難以描述。這些守信的動物，一年裡經歷如此遙遠的雙程不著陸飛行，竟能回到大洋中這片小得可憐的陸地，絕對不是我們這些自命為萬物之靈的人類所能想像與企及的。

可是為了研究，我們又不得不請小島駐軍那些無所事事的阿兵哥抓鳥。這些陸軍喜歡這種殘忍的活動絕不亞於他們的海軍同袍，他們用網捉鳥，捉到了就先扭斷鳥的頸子，放在地上再去捉下一隻。我們只有眼不見為淨，躲進臨時搭成的實驗室，做接踵而來的解剖、採血等工作。

以後的三年中，我的生活都如此度過。增加的工作只有每年為在加西亞孵出、隨著大群飛回來的新鳥加裝腳環，和記錄多次飛回的舊鳥。漸漸地，我瞭解這種動物愈來愈深，對牠們也愈來愈敬佩。研究計畫將結束時我們估算，黃嘴鷗遷徙時的準確性竟然高達百分之九十七！

然後研究計畫就結束了，和它開始得一樣突然。學會分到一批海鷗的標本，另外一些則被國防部拿去，當然還有我們的研究報告，從此一切再也沒有消息。政府機關做事，往往如此，反正他們有的是我們納稅人的錢，不管多麼匪夷所思的計畫，只要不貪汙浮報，又讓我們這些學術機構沾上點光，也就夠了。研究海鷗之後，我去年又接到一個交通部的計畫，竟然要我們「實驗並評估恢復在偏遠地區使用信鴿郵遞信件的可行性」，看在預算的分上，也只有去做。

我每天在東部山區和鴿子為伍，正弄得暈頭轉向，有一天突然接到會長的長途電話，當天就被叫回會裡，又立刻被派來布龍，原來為的就是那隻關在這布龍國首都動物園裡的黃嘴鷗。據說這隻鳥兩星期前由撿到牠的一個布龍船員帶進海關時，被海關扣留，根據我們克奇茲通訊社駐布龍國記者的描述，結果「引起一場鬧劇」。這個平日因為新聞稀少而無所事事的記者，把它當作一則趣聞發回克奇茲。會長和國防部看到這新聞，不知怎地，認為黃嘴鷗在遷移中能迷途到這樣遠的地方，頗有研究價值，就把我和柯爾曼派來，要我們查明這隻迷途鳥是不是當初我們詳細研究過的同一種鳥，並協助當地政府官員和愛鳥人士，設法把牠放飛，不要讓牠受到殘害；而我到了上飛機之前，才知道現在已經當上我們動物學會常務理事的柯爾曼，真正的身分是個軍方的情報人員！他會說這布龍國的語言，也通曉此地的民情風俗。

飛機上柯爾曼抽菸喝酒，和空中小姐不斷開玩笑，表現得十分輕鬆，但和一個認識了好幾年，卻一旦發現是個情報人員的人同行，我感到不是滋味，也難免猜測這趟布龍之行是否另有目的。這種心情持續到今天上午，當我在動物園看到那隻迷途鳥的確是四年間朝夕與共的黃嘴鷗時，我才把對柯爾曼的猜測暫時放在一邊。畢竟我是個愛鳥的鳥類學家，而看來雖然少數布龍人例如吳先生已經有愛護動物的覺悟，可是冥頑不靈、有待教化的布龍人更多，這隻命運多舛的黃嘴鷗既然流落至此，亟待我的援助，我自然義不容辭，絕不坐視。

我們終於排開人叢，坐上汽車駛回旅館。我在這個號稱擁有悠久歷史文化國家的第一天就這樣過去。或許一個初到東方的傳教士，才可以瞭解我此刻的心情吧！

一九八六年五月六日，星期二／吳國煌

做為一個布龍國內政部環境局的基層公務員，承辦下這樣一個案子，本來就不是輕鬆的工作，現在我國友邦克奇茲的動物學會風聞這件事，又好意派來兩位專家協助我們處理，更使我感到戰戰兢兢。兩位克奇茲貴賓顯然都是真正的專家，柯爾曼先生甚至會說我們的話。先進國家什麼人才都有，基礎科學的研究和生態保育的經驗，更令人羨慕。就拿這次的迷鳥黃嘴鷗來說，我國對這種鳥的資料可說極為缺乏，牠的許多習性還是今天賀欽森先生告訴我，我才第一次知道的。

這方面的研究落後還沒有關係，最糟的是我們這個社會生態保育觀念的落後，在這兩位聰明的專家眼中完全無所遁形。我們這些少之又少的環保人員平常的無力感已經很深，一旦面對幾乎什麼都知道的外國專家，專業知識不足還可以心安理得地向他們請教，和他們一起碰上自己同胞的無知、愚昧，才真教人無地自容，只覺得辯解也不對，不說也不好。昨天晚

上實在不該帶他們去六角廣場觀光的，他們，尤其是賀欽森先生這樣一位正直的學者，看見那種人類本能的欲望橫流的場面，在搖頭苦笑之餘，不知還會做何感想？對我們的民族、國家還有什麼評價？經過昨晚，我真想在這次事件結束後問問文化部和觀光局的人，如果我再接待到一個外賓，當他說想利用自由活動時間到富有我國文化特色的地方走走，或者看看我國的庶民生活時，我究竟應該帶他到哪裡去，才不致於丟了國家的顏面？

還好今天早上我去旅館接他們時，他們都沒有提昨晚的事。上午我們第二次去動物園，仍然是廖園長親自接待。園長對兩位外賓非常客氣地表示，在暫時寄養的時間裡，動物園將盡力照顧這隻黃嘴鷗，缺少的專業知識，將向兩位外籍專家請教。柯爾曼先生問到動物園是否希望長久飼養這隻鳥，園長很官式地回答說，因為這隻鳥原來是被海關沒入後送來檢疫與寄養的，自然仍應由海關「依法處理」，不過動物園一定「全力配合執行上級的決策」。兩位外賓對這個答案顯然不大滿意，我看出這種情況，連忙打圓場，建議先去看看黃嘴鷗的現況，其他的回來再說。

鳥被關在動物園的一個備用籠裡，正在吃園裡餵牠的鯡魚，由牠乾淨俐落的動作，任何人都可以看出牠原是一隻強壯靈活的海鷗。我們站在籠外邊看邊談，賀欽森先生說這種海鷗是他的老朋友，他曾經花了幾年的時間詳細研究過。這位毫不做作的學者今天領帶都沒有打，在棉質襯衫外面罩了一件土黃色法蘭絨外套就來了。柯爾曼先生則自謙他只是個業餘的愛鳥人士，對鳥本身懂得不多，接著爽朗地笑道：

「動物學會裡的專家雖然人才濟濟，卻也不能沒有行政人員。我自問專業知識比不上阿佛瑞德他們，但到處募捐、跑腿、做公共關係、和社會大眾溝通，倒還派得上用場。」

他神色一整，繼續說：

「這是我第二次到貴國來，十年前曾經在這裡學過布龍文。依我的淺見，貴國現在生態保育的阻力仍然很大，環保單位做事，難免有礙手礙腳的地方，所以容我建議，任何對這隻迷鳥的處理方法只要是合乎保育的理念，都要趕快進行，免得橫生枝節，增加困難。」

我認為他的話的確有道理。從我們環保人員的立場看，黃嘴鷗這個案子本來非常單純：有一隻鳥因為迷路飛落到我國的一艘船上，被船員帶進國內。為了保護國民的健康和國土的環境，這隻鳥應該檢疫，檢查出有病的話可以先試著治療，治不好便只有焚毀；如果檢查結果沒有病，則為了保護這隻迷鳥與維持我國在國際社會中的聲譽，應該把牠撥交適當的單位例如動物園去飼養，或者在牠的健康復原後放飛，讓牠回到自然的生活環境裡去。

可是牽涉進這件事的其他各方面卻不這樣想，他們每個都有本位主義的一套。原來撿到鳥的熙明輪船員杜茂財是個粗人，他把鳥放在一個紙箱裡帶上岸，只想拿回家給小孩玩，但在通關檢查時，被大濱港的海關人員輕易查到。那個拿起雞毛當令箭的年輕關員叫謝睿生，他堅持這隻鳥因為沒有產地證明，也沒有申報進口，是非法私貨，必須予以扣押。據說雙方當時鬧得非常不愉快，杜茂財跳腳大罵，說那麼多走私都不抓，他撿到一隻鳥就犯法了？謝睿生當然也不甘示弱，說他身為公務員必須依法辦事，私貨查不查得到是一回事，只要查到了，就得扣押，杜茂財大吵大鬧是妨礙公務等等，兩個人簡直就要打起來，警察連忙上來維持秩序。

正鬧得不可開交，衛生署的人員也跑上來表示意見，說從外國來的動物，不要說是走私被扣，即使正式申報進口，也要先行檢疫，確定健康無病後才可以放行。吵到最後，鳥終於被扣下來，並且立刻由海關裁決沒入，交給衛生署檢疫。海關人員要杜茂財在筆錄和裁決書上簽字，杜茂財激動地拒絕，大叫他不認識字，當官的欺負他不夠，還要他簽些看不懂的東西，他絕對不幹。謝睿生則搬出《海關緝私條例》，說依規定杜茂財拒絕簽名也沒關係，他在旁邊記錄下事由就可以了。

這件事到這裡似乎已經解決，可是《首都日報》駐大濱港的記者兩天後卻把消息挖出來，這家報社的編輯部一定是認為它大有新聞價值，就從幾個角度大做文章。他們先採訪到幾個當事人，發現衛生署在接到鳥以後，竟因為沒有鳥類病理的人才，已經把黃嘴鷗送到首都動物園代檢。於是記者兵分數路，分別找到動物園、愛鳥協會和我們環境局，黃嘴鷗的照片也上了報。動物園和環境局因為是政府機構，回答得比較平穩，愛鳥協會一聽之下立刻大感興趣，強烈主張放飛，並且呼籲政府應該藉此為題材，展開愛護鳥類的運動。新聞發展到這個程度，其他媒體紛紛跟進，外國通訊社也有報導發出，最後驚動遠在地球另一頭的克奇茲，派了兩位專家來。環境局正好由我承辦這個案子，大概因為我的英文還說得通，外國專家來了以後，局長仍然要我一路辦下去，這樣下來到今天又是兩三天了。

我們從籠邊往回走時，氣氛已經恢復融洽，到了園長辦公室一看，裡面赫然擠滿了愛鳥協會的人和記者，我們四個人都立刻成為詢問和採訪的對象。亂了一陣以後，眾人的目標漸漸集中到廖園長身上，紛紛問起黃嘴鷗現在的情況，廖園長不慌不忙地答道：

「黃嘴鷗正在本園的一個預備籠裡，諸位有興趣，歡迎參觀。經過兩星期的檢疫和觀察，牠沒有任何生病的徵兆，可以說是一隻健康的鳥。」

也有記者問廖園長對接下去怎樣處理這隻健康的鳥有什麼意見，做了二十幾年官的他毫不遲疑地回答：

「這隻鳥原是大濱港海關扣押和沒入的，現在又承蒙各位生態保育界人士的關心，怎樣處理當然應該由海關署和環境局會商決定。如果要交給動物園養，那是本園憑空得到一隻動物，不用花錢買，我非常歡迎，一定盡力照顧……」
大家聽著都笑起來，我連忙為賀欽森先生翻譯。廖園長等笑聲停止才接下去說：
「如果要放飛，我也希望我本人或者動物園能派人在旁邊觀禮。我要證明這半個月沒有餓了牠，牠一定有力氣飛。」
人群裡馬上又爆出笑聲，柯爾曼先生也終於點頭微笑。我在一旁翻譯與陪笑之餘，不禁油然對廖園長這個老官僚的為官之道刮目相看。他短短幾段話，就把問題輕輕拋回給我們和海關，既不得罪洋專家，也不讓愛鳥協會失望，又為他自己建立了合作、幽默和動物權威的形象；而不論對外賓或者記者都脫口即答，更顯示他已經下過一番工夫準備這些說辭。看來我這個小科員畢竟還是個跑腿的角色，和這些長字輩的道行比起來就差遠了。
這時柯爾曼先生站起來說：
「黃嘴鷗是產在克奇茲太平洋特區的鳥，也是賀欽森先生和我的老朋友。我首先要感謝貴國政府和人民，尤其是廖園長和諸位女士、先生給牠的照顧和關心。對這樣一個迷途的羔羊，我建議還是把牠放了，讓牠繼續剩下的旅程，也可以藉這個機會，讓那些還不瞭解生態保育的人，看到應該怎麼樣愛護野生動物……」
在記者們「他的布龍語說得這樣好」的竊竊私語中，柯爾曼先生稍稍停頓了一下又說：

「我斗膽替我國的動物園和克奇茲動物學會答應，如果貴國人民喜歡黃嘴鷗，我國可以設法贈送一對給貴國，或者我們雙方研究推行一個動物交換計畫也可以。」

他的話引起熱烈的掌聲，廖園長忙不迭地向他道謝，愛鳥協會的人和記者又包圍著兩位外國專家問了不少問題，這場熱鬧才算告一段落。

下午我陪兩位克奇茲專家回到局裡，科長和我陪他們見局長。他們向局長表示，見到我國的環保觀念與民間環保組織已經出現，非常欣慰。他們建議黃嘴鷗既然已經通過檢疫，就以即行放飛為宜，因為這樣才能打鐵趁熱，給大部分仍然不瞭解保護動物的民眾上一課。局長聽完，向他們禮貌地道謝，並且請他們先回旅館休息。兩位克奇茲專家走了以後，他馬上叫我到辦公室，問我的意見。

我向局長報告說，這件事已經發展到必須由我們環境局和海關協調解決的地步，動物園大概是不會參加決策了。兩位外國專家傾向於放飛，實際上，放飛也是應該的，我們身為環保單位，正該利用這個機會教育人民，同時塑造我國也是個愛護動物的文明國家形象。至於海關那邊，據我和他們聯絡的結果，承辦人員也不反對放飛，因為如此可以替他們省去許多處理這隻鳥的麻煩手續。原來這隻鳥被海關沒入後，已經成為政府所有，不論撥贈或拍賣，都必須經過一大堆公文程序，還會牽涉到別的單位；但只要打開籠門往天上一放，就大家都沒事了。

局長聽完我的報告，沉思一下說：

「好吧，我就打電話給海關署的嚴署長，你們也去準備一下。」

他拿起電話，我們起身告辭，但他撥了一下就放下話筒，又把我們叫住：

「蘇科長、國煌，迷鳥這個案子，兩位克奇茲專家的意見當然很有道理，但是我們國家和局裡的立場，也必須掌握住分寸。」

我悚然而驚，頓時明白這個案子既然已經上了報，環境局就應該努力爭取主導的地位，不能予人以唯洋專家之命是從的印象，局長的經驗與仔細真是令人欽佩。科長顯然也有同樣的領悟，我們連忙點頭應是，答應一定注意，才退出局長室。

一九八六年五月七日，星期三／勞倫斯・柯爾曼（Lawrence L. Coleman）

老實說，這是一個類似拆除定時炸彈引信的工作，搞不好就要粉身碎骨，我一點也不喜歡這趟任務。我之所以被選上派來，只因為我是全克奇茲最適當的人選，不得不來而已。我走之前副總理緊急召見，免不了拍肩膀打氣那一套，召見完畢後和賀欽森見面，任務迅速地開始，不容我有置喙的餘地。上級這次要我向賀欽森透露我是為情報單位工作，先在他心裡打個底，以求一旦迫不得已必須把內情告訴他的時候，他不致於太過震駭。出發前我們兩人各「依衛生單位規定」打了一針，說是傷寒的預防針，但是我當然知道，那根本就是抗VEE病毒的血清。

賀欽森這老傢伙是個典型的學者，一輩子都在象牙塔裡研究他的候鳥。和這種專家相處，必須表現得對他的研究範圍知道一些，不能太多也不能太少，然後以有志於學問的後生晚輩姿態向他請教，他自然會把你視為知己，傾囊相授。五年以來，我和他的交情就這樣建立，現在我對中、北太平洋地區候鳥的一般知識，已經不比他差多少，而他做夢也想不到的，是「天頂」研究計畫結束後，我在那些太平洋屬地上繼續做的工作。

我在那些鬼島上做的事非常辛苦，當然全是為了對付加西亞，捍衛國家。我國和加西亞的對立，是全世界都知道的事，雖然吵吵嚷嚷了三十年始終也沒有真正打起來，但是雙方的備戰，從來沒有間斷。我們克奇茲因為有個民主政府，近年來又碰上姑息主義盛行，建軍備戰受到議會和民意的掣肘，軍力已經漸漸落在加西亞之後，據說加西亞看出這種形勢，最近制定了試探挑釁的計畫，即將實行。所幸我們已經窺破這項陰謀，並且當機立斷，從那些太平洋小島上放出了無形的撒手鐧。

從太平洋屬地向加西亞的後門展開作戰的計畫，是一個天才洋溢的主意。我們用的武器就是ＶＥＥ病毒，這是六、七年前從南美洲委內瑞拉奧立諾科河流域的馬和驢子身上找到的病原體。包括人在內的大部分哺乳動物和鳥類都會感染，傳染性極強，發病時類似嚴重的流行性感冒，會使人發高燒、劇烈頭痛、咳嗽、爆發性地嘔吐與下痢，有致命危險。更重要的是它在世界上絕大部分地區，都是一種從未見過的疾病，一旦大量出現，絕對能使敵人措手不及，在來不及製造出疫苗、抗毒血清、藥物時就大批感染，陷於癱瘓，達到我們奇襲的目的。

但是進行生物作戰只有病原體是不夠的，投射載具和導航系統是另外兩個關鍵性的因素。在這方面我們的限制更多，我們希望在加西亞對我國東部邊界出兵之前，能在他們國內製造一次傳染病的大流行，迫使他們的計畫停止。但加西亞是個橫亙亞洲，幅員廣闊的國家，防空力量也頗有可觀，這使得在尚未全面作戰之前，不宜使用我們的飛機或飛彈來投擲病原體。我們一度不知怎麼辦，直到單位裡有位前輩因為個人興趣參加了克奇茲動物學會鳥類組，接觸到一些太平洋地區候鳥的資料時，才浮現一絲曙光。

那時太平洋地區候鳥遷移的研究還很落後，資料也極為缺乏，但是從已有的一些零星報告和紀錄看來，中、北太平洋的島嶼和亞洲大陸之間，的確有候鳥的定期大規模移動。

人人都知道候鳥是最可靠的遷移者，牠們憑藉與生俱來的航行定位能力，運用優異的體能與耐力，每年飛越茫茫大海，回到一定的地方。那麼，如果我們能在世界上最不引人注意的角落，找到一些定期來往於加西亞和這個地方的候鳥，一切投射載具和導航系統的問題豈不迎刃而解？依此推論，我國太平洋屬地那幾個荒涼的小島，可能就是打著燈籠也找不到的理想所在，因為那兒有大批據推測每年來往於加西亞的海鳥，而且這些小島和加西亞之間，隔了五、六千公里的太平洋，中間絕少陸地，更沒有其他的國家。

然而當時我們對中、北太平洋候鳥的知識異常貧乏，組織裡更沒有這方面的專家，幸好我國科技發達，民間藏著足夠的研究人才，可以供我們利用。我因此奉命以愛鳥人士為掩護，參加克奇茲動物學會鳥類組。我積極活動，半年之中就和他們混熟。等到上級說動這個學會的會長，候鳥作戰計畫的第一階段便開始進行了。

動物學會裡興高采烈的學者如賀欽森者流毫不知情，四年中為我們詳細研究了太平洋屬地小島上的各種候鳥。他們在不能進入加西亞的情況下，用東亞各地已有的鳥類觀測紀錄，比對小島上各鳥種的繫腳環放飛紀錄，漸漸找出小島上各種候鳥遷移路線的輪廓。當他們的資料愈集愈多，候鳥的路線也愈來愈清楚時，我們也漸漸得到一個統一的結論：小島上候鳥之一的黃嘴鷗，正是我們所要的東西。

黃嘴鷗這種鳥夏季在加西亞中部、東部甚為普遍，其他國家則幾乎沒有觀測到的紀錄，那當然是加西亞面積廣大的結果；冬季牠們飛到中太平洋的一些島嶼上過冬，包括我國的小島在內。所以利用黃嘴鷗攜帶VEE病毒，一方面可以把病毒全部送進加西亞，不致影響到其他國家，另一方面由於到達加西亞的黃嘴鷗，不只從我國的小島一個地方去，加西亞即使查出流行病是由黃嘴鷗引起，也無法追究帶病的鳥是從哪裡來的。加西亞固然可以憑猜測指控我們，我們也可以一概不認帳，耍賴到底。更重要的是賀欽森他們已經確定，黃嘴鷗遷移時的準確性高達百分之九十七以上，那就是說如果放一百隻黃嘴鷗出去，有九十七隻會把病毒準確地帶進加西亞。做為一種投射載具，這是非常難能可貴的紀錄。

也許有人會說還有百分之三點幾的誤差怎麼辦？可是即令用飛彈投擲，誰又敢保證長程飛彈裡的電腦不會出點差錯，使它飛到一半就掉下來？那百分之三點幾的鳥，應該絕大多數都是在加西亞死去，或者半路上墜海而亡，當然也有極少數可能變成迷鳥，飛到另一個國家去，如果剛好帶著生物戰劑，就有可能造成別國的傷亡。然而不論什麼戰爭，都有可能發生類似的危險，我們也知道非到必要關頭，應該避免這樣的作戰。可是，當加西亞偷襲我國的陰謀暴露，又恰好碰上是黃嘴鷗的遷移季節將屆時，我們已經很難有選擇的餘地，這些險也就只有冒了。

其實，真正最先冒險的是我們自己。一個多月以前，我為這件事奉到緊急命令前往太平洋屬地的小島，那是一次極端恐怖的任務。我和三個同志帶著五千劑ＶＥＥ病毒出發，這些病毒裝在一種有機物製成的細長膜囊裡，囊中已經加好一定分量的培養劑，使病毒能繼續繁殖，膜囊仿效新型長效避孕劑的方法製造，可以植入動物的皮下或脂肪層中。植入後由於動物的體溫和吸收本能，膜囊會非常緩慢地溶解，以鳥類新陳代謝的速度來說，大約四十五天就會穿破，這時繁殖已滿的病毒破殼而出，攜帶病毒的鳥當然立刻感染，不久會死亡，病毒因之更加散播，就可以達到作戰的目的。

我們去的時候除了實施第一級保密作業以外，搭乘的飛機和船上都裝了炸藥和縱火劑。上級的指令是一旦行藏被加西亞發現，有被俘可能時，必須立即引爆炸藥，將ＶＥＥ病毒滅跡，至於我們本身的安危，當然不在考慮之列。

上帝保佑，我們終於平安抵達太平洋屬地的小島，而可愛的黃嘴鷗也還停留在島上，沒有飛走。我們馬上日以繼夜地工作，先找來駐軍裡操行良好的人員幫忙捉鳥，捉住後送到我們的研究室，我們判斷一隻鳥的健康狀況可用時，就在牠胸前肥厚的脂肪層裡植入一枚膜囊，如果這隻鳥原來就有我們加上的腳環，還得把它取掉。

這件事說起來簡單，做起來卻極為煩人。黃嘴鷗雖然不算最凶的海鳥，但四、五十公分長的個子，加上一個奇硬無比的嘴巴，要使牠就範又不傷了牠還不容易。工作時戴上防護手套動作就不夠靈活，不戴的話只要挨牠啄一下，手上包準皮破血流。這些都還不說，最令人無法忍受的是同樣的事情必須重複五千次！到了後來，緊張、疲倦加上鳥啄的傷痛，在單調的工作中幾乎使我們瘋狂。有一個同志在休息時用步槍打空瓶子做為消遣，我怕把鳥嚇走，跑上去制止時，他揮手就給我一拳，把我打倒在沙地上。幸好他給我的不是一槍，否則我老早就出師未捷身先死了。

在無比的毅力支持下，植入病毒的工作總算做完，帶了祕密武器的鳥也被放出去，和牠們的同類又混在一起。可是只要牠們一天不走，我們的噩夢也就一天不能結束。有一天晚上我忽然發狂似地害怕起來，想到假使像氣象之類的因素不對，黃嘴鷗萬一不遷移了怎麼辦？我愈想愈怕，最後只得吞下一顆安眠藥，強迫自己睡去。

第二天我頭痛欲裂地醒來，臉都沒洗就抓起望遠鏡跑出室外，向黃嘴鷗停留的崖邊搜尋。這一次我終於得到解脫，原來大部分的候鳥都不見了，還有一群黃嘴鷗剛剛從懸崖上展翅起飛，身影逐漸沒入西北西方澄藍的天空裡。偉大的自然和賀欽森老傢伙的學問都沒有騙我們，我們把任務完成了！

我們興奮地發出密碼電訊給總部就回國了。上級對我大加獎勵，在最緊張的局勢中還暫停派我新任務，要我自行休假，只是不能離開我所居住的城市。

好日子總是特別短，我的假度了沒幾天，一道緊急命令又找到我。我離開女人的懷裡到局裡報到，他們拿給我一篇克奇茲通訊社駐布龍國記者的稿子，這鬼鳥黃嘴鷗真是陰魂不散，竟然有一隻迷路到了布龍國，把那個開發中國家經驗不足的政府機關和環保團體弄得不知所措，一團混亂；但這些都不重要，重要的是，這隻鳥是那批鳥之一嗎？

布龍國近年來經濟頗有發展，號稱快要進入已開發國家的行列，我十年前就到過。在跟鳥結上不解之緣以前，又因為負責幾筆和他們之間的軍火交易，祕密去過幾次，我是會說布龍語的。於是結論只有一個：我必須到布龍去，不管那隻鳥是不是帶了ＶＥＥ病毒，要儘快設法把牠處理掉，又為了掩護，上級把不知情的賀欽森也弄了來，希望以他在鳥類學術界的地位把布龍人唬住，我才可以便於行事。

今天是我到這裡的第三天，時間逐漸消逝，工作的進展卻依然緩慢。早上布龍環境局那個姓吳的科員興沖沖地跑來告訴我們，他們政府幾個單位已經協調妥當，要立刻把黃嘴鷗從布龍島的北海岸放飛。他說得高興，賀欽森也在旁邊天真地窮興奮，我對這種開發中國家小公務員的話卻不能全信，只是先謝謝他，其他的預備看著辦。中午，他們跟這件事有關的海關署長、環境局長、動物園長一起請我們吃飯，見面寒暄後，三個官員異口同聲地保證支持我們的看法，並且說已經徵得更高層長官的同意，今天就出發去放飛。聽到這裡，我總算鬆了一口氣。

中午席間的菜餚非常豐富，遠遠超過普通人午餐的需要，幾個主人更是一端起酒來就非要和你乾杯不可。我決定下午要保持清醒，便正色告訴他們，我習慣了中午只吃個三明治，更絕不喝酒。他們聽了，立刻擺出一副自以為瞭解西方文明的樣子，不再勸我，而把目標轉向賀欽森。可憐做了一輩子學者的賀老頭子哪裡見過這種陣勢？在盛情難卻之下不久就吃多了也喝多了，那個嚴署長一看，堅持先送我們回旅館休息一下再去，於是放飛的事又得拖到明天。

不管怎樣，下午四點多，布龍環境局的小巴士終於從我們的旅館開車。三位長字輩的官員當然不會去，車上除了我們外，還有姓吳的環境局人員、一個姓謝的海關人員，就是扣押沒入黃嘴鷗的那一位、一個姓梁的布龍愛鳥協會理事長，和一個動物園派來的年輕獸醫。至於原來發出新聞的我們克奇茲通訊社記者，我前天就去過大使館要他們轉告他淡化這個新聞了，反正克奇茲通訊社本來就是我們的最外圍組織，他當然識趣地表示別的新聞太忙，這一趟他恐怕只能儘量抽時間半途來採訪一下，就藉故走了。

開車之後，所有的人都圍著後車廂中間裝黃嘴鷗的籠子議論紛紛，我和他們瞎扯了一陣，就回頭遞給司機一支香菸，坐到前座。

我會說布龍語又大出這個司機的意料之外，他興奮之餘把車子開得飛快，邊抽菸邊按喇叭，路旁的摩托車和行人紛紛走避，我們就這樣在天快黑的時候，到了布龍島最北端海邊的一個小鎮，住進一家簡陋的鄉下旅館。

我的房間裡紅、綠相間的塑膠地磚上放了一張金、白兩色的合板木床，我在這個俗麗的東西上躺下，閉起眼睛默默地唸道：

「飛吧，黃嘴鷗，你給我惹來的麻煩已經太多了。希望你這次幫我一個忙，這裡隔了一道海峽就是加西亞的最南部，萬一你身上真帶著VEE，那當你四千九百九十九個同類在加西亞其他地方為我們克奇茲效命時，你單槍匹馬在加西亞最南邊也放上一把火，就出乎我們意外地妙了。」

一九八六年五月八日，星期四／梁泰英

上午五點半，晨光初露，涼風輕拂，太平洋的海水溫柔地一起一伏，棘林岬西岸還躲在東邊山脊的陰影裡，我們一群人已經踏上岬角頂端的珊瑚礁。前面由一個警員開路，環境

局的吳先生和司機穿著公務員便服，抬上來裝著黃嘴鷗的鐵籠。賀欽森博士跟在籠邊，銀白的頭髮在晨曦裡特別明顯，柯爾曼先生披了一件《首都日報》送他的夾克，和海關的謝睿生邊走邊聊，附近還有一個動物園的獸醫、兩個扛著照相機的記者，和六個我們愛鳥協會的會員。最後面則是我、警察局北岬分局高大的分局長，和另一個畢恭畢敬的警員。對一個愛鳥的人來說，今天是個值得高興的日子，也是我國扭轉國際形象的里程碑。我們的政府官員終於能夠打開籠子，把一隻迷路的鳥放走了。

在我們這樣一個經濟快速發展的開發中國家，社會風氣很容易趨向於急功近利，傳統的包袱又沒法一下子拋掉，表現在對野生動物的態度上，就是有些人仍然不改我們老祖宗的習慣，認為是補品而要吃牠，有些人則想盡辦法去抓，高價賣給別人吃，結果使野生動物迅速減少，有的甚至已經滅絕。

所幸近幾年來，國民休閒生活的需要日漸增加，先進國家保護動物的觀念也逐漸引進，才開始有少數人能以欣賞而不是要抓要吃的眼光對待動物。我們布龍愛鳥協會，也是在這種萌芽中的觀念下產生的團體。

我們的會員都稱為「鳥友」，主要的活動是觀鳥，也收集及介紹鳥類的資料，進而推廣愛護鳥類的活動。現在會員有四百多人，大家都憑著一股奉獻的熱情，為我們的目標工作，雖然仍在艱苦中奮鬥，比起剛成立時已經好多了。尤其過去對我們不聞不問的政府機關，最近有時也會和我們聯絡，要我們提供資料做為他們辦事的參考。

黃嘴鷗的事件報導出來之後，很快地成為我國制定生態保育政策的試金石。當克奇茲的兩位專家抵達後，它又成了一個國際事件，我國能不能被看成文明國家，就要看在兩位外國專家面前怎樣處理這隻迷鳥了。愛鳥協會自從知道有這一隻迷鳥後，一直義不容辭地鼓吹推動，希望政府在處理的時候，能以生態保育、愛護動物和國際形象為著眼來考慮，今天，我們的努力終於有了成果。

上午六點整，全體人員圍在籠邊，由海關的謝先生宣讀一份放飛的文件，接著所有的人以見證人的身分在文件上簽名。六點十分，謝先生鄭重地打開籠門。

黃嘴鷗幾乎立刻跑出來，眾人都大為興奮，一個小警察還叫起來，我馬上示意，請他安靜。這隻大鳥擺動著長著蹼的雙腳，跳上一塊凸出的珊瑚礁，對著西北方伸伸脖子，整理羽毛，似乎陶醉在剛獲得的自由裡，大家看得津津有味。六點三十八分，牠在大家緊張的注視中，開始拍動雙翅，嘗試起飛，我們簡直以為迷鳥事件就要如此結束了。

但事情並不這樣簡單，第一次試飛很快的失敗，牠只跳離地面幾寸而已。我感覺到大家的失望，就趕快向他們解釋，據我們所知，這類海鳥平常每天運動慣了，一旦在籠裡關了這麼久，一定需要一些暖身活動才能飛得起來。吳先生把我的話翻譯給兩位克奇茲專家聽，他們也都點頭同意。

可是黃嘴鷗恢復得比我們推測的慢，接下去的三個多小時牠不斷地用嘴梳理羽毛，梳一陣子就試飛一次，卻都不能成功。到上午十點潮水漲到最高時，牠已經試飛失敗了六次。

初夏的太陽逐漸升高，海邊全無遮蔽，我們這群人裡不懂鳥的幾個首先消失了興趣，退到崖邊幾處可憐的樹蔭下聊天。吳先生回到汽車裡拿來昨晚買的啤酒和汽水，才使剩下的人能在珊瑚礁上撐到中午，但都已經又熱又累，大呼吃不消。

接近中午的時候，警察局長拿起無線電話問答一陣後，就說局裡有事，不得不離開，隨即和他的一個部下駕車走了。我們在他走後開始吃早上買來的便當，天氣太熱，小地方餐館裡弄出來的東西味道又差，大家的胃口都不好。正吃到一半，一個我們的鳥友忽然發現，黃嘴鷗也受不了炎熱，竟在一處小小的石頭陰影裡打起盹來。

對姓謝的海關、兩個記者和另一個警察來說，這真是個好消息，他們紛紛藉此機會也找個有陰影的地方坐下，抽菸喝水。這情形又鼓勵了剩下的人，我會裡的鳥友們商量一陣，對我說他們決定兩個一組輪流看守，請我和其他的人休息。我聽了很不滿意，又不好責備他們，只能告訴他們誰要休息只管去，我仍然會看著這隻鳥。

最後只剩下吳先生、兩位外國專家、兩個鳥友和我在礁石上，一面吃著味同嚼蠟的便當，一面繼續守望。一點二十分，黃嘴鷗終於醒來，跳出陰影，迎風展開牠狹長的翅膀。海風吹動牠的飛羽和尾羽，牠又開始試飛，我們連忙打手勢招呼其他的人來。

可是等到其他的人都跑來時，牠又放棄了下午第一次的努力。眾人剛提起來的興趣立刻消失，勉強維持著輪流觀察，直到下午四點，牠試飛失敗的紀錄又增加了五次。

當潮水退到最低點時，太陽已經偏西，熱力減少，珊瑚礁上參差不齊的陰影逐漸拉長，不久海風轉強，黃嘴鷗在一陣梳羽抓癢後，鼓起似乎是最後的力量，面對風向大力擺動翅膀，做最後的起飛嘗試。我們發現牠的舉動，也最後一次振作精神，小心觀察。為了避免驚擾牠，我們都退到一定的距離以外，在逐漸下沉的夕陽下，緊張地注視著珊瑚礁上的鳥。

礁石上振翅欲飛的黃嘴鷗身影令人感動。牠大概也知道離群已久，遷移的季節所剩不多，為了服膺千萬年來大自然的法則，牠即使孤零零地迷途到一個完全陌生的地方，還是盡一切的努力，想要擺脫命運的羈絆，飛上本來應該是屬於牠的藍天，回到千萬年以來牠的族類應該到達的土地。面對這隻勇敢的海鷗和牠腳下因為逆光而波紋粼粼，金芒萬道的海水，我感動得熱淚盈眶，決定如果牠起飛成功，我一定要把這件事寫成一個兒童故事，出版給全布龍國的下一代看。希望他們長大以後不要像他們的父母一樣，看到一隻新奇的鳥時，想到的只有把牠抓進籠子或送入腹中。

然而，就像一齣古典的悲劇一樣，黃嘴鷗和命運抗爭的奮鬥失敗了。牠雖然全力拍動雙翅，也沒有辦法升到空中。當白天結束時，牠最後一次掉在礁石上，緩緩收起雙翼，蹲伏下去，不再起來。

不絕於耳的嘆息聲紛紛響起，大家七嘴八舌地胡亂討論，直到賀欽森先生用力拍打手掌，才使眾人安靜下來。賀欽森先生用英語高聲說：

「趕快把鳥引回籠子，回去再商量吧。」

黃嘴鷗並沒有反抗地就被趕進籠子，所有的人也和牠一樣，又餓又累，垂頭喪氣地踏上歸途。一天下來，我的感觸極多，我一面走著，一面對自己堅定地立下志願，一定要盡力繼續照顧牠。

汽車奔馳在黑暗的鄉間公路上，車裡沒有開燈，只有柯爾曼先生和謝睿生嘴角香菸的紅光一明一暗。我坐直身子，對謝睿生說：

「謝先生，這隻鳥因為關在籠裡太久，飛行的能力沒有恢復，必須讓牠慢慢練習才行。您知道，動物園現在沒有大型的鳥籠，人手也不是很夠，而我們愛鳥協會義工很多，所以我們願意無條件一直照顧這隻鳥。」

「嗯。」

他未置可否地漫應一聲。我接下去說：

「不知道海關能不能把這隻鳥贈送給愛鳥協會？我們一定會好好照顧牠，直到牠能自己飛走為止。」

謝睿生菸頭的紅光大大亮了一陣，柯爾曼先生的卻被拿下來捻熄。謝睿生吐出一口白煙說：

「好吧，我回去向署長報告，會提到你的意見。不過海關沒入的東西，所有權已經屬於政府，好像還沒有撥贈給人民團體的先例，如果不銷毀的話，這隻鳥可能要拍賣了。」

我誠懇地對他說：

「這隻鳥已經檢疫過，沒有病，千萬不要焚燬。拍賣的時候只要愛鳥協會的經費允許，我們願意買。」

他聽完之後語氣變得輕鬆起來：

「別急，梁會長，拍賣的話，底價一定很低，我想也不會有什麼人跟你們競爭——哈哈，除了那個把鳥帶進來的傢伙……對，就是那個搞得大家雞犬不寧的老粗水手。嘿，假如他真的來了，要和你競價，你就請他加入協會一道來養，就沒事了。」

我知道雖然相處兩天，一時也沒有辦法使他瞭解我的觀念，只有順著他應了聲是，反正只要他這樣處理，黃嘴鷗大概是可以救回來了。

謝睿生也不再說話，打個呵欠熄掉香菸，顯然是累得想睡了。就在同時，一根火柴猛然擦燃，原來是柯爾曼先生又點起一支菸，我連忙向他打個招呼，把我的想法再說給他聽。

一九八六年五月九日，星期五／謝睿生

早上到辦公室後，我首先翻出《布龍法律全書》，把黃嘴鷗這個案子有關的條文複習一遍。公務員必須依法辦事，海關人員尤其如此，千萬馬虎不得，否則一旦意存僥倖，不但抵受不住財色的誘惑，也難以抗拒人情的關說。考進海關是極為困難的事，這套白色的制服並不容易穿上，但要把它玷汙，卻非常簡單。別人怎樣我不管，至少我自己一定要每件事對得起它，永保它的潔白。我翻到《海關緝私條例》第三十九條：

旅客出入國境攜帶應稅貨物或管制物品匿不申報或規避檢查者，沒入其貨物，並得依第三十六條第一項論處。

很明顯地，黃嘴鷗是外國動物，屬於管制品，杜茂財攜帶牠闖進大濱港，是既匿不申報又規避檢查，自然必須沒入。我沒有依第三十六條處分他罰鍰，已經是看他不瞭解法律而做的彈性決定了。

再翻回第十四條：

勘驗、搜索應將經過情形做成筆錄，交被詢問人或在場證人閱覽後，一同簽名或蓋章。如有不能簽名蓋章或拒絕簽名蓋章者，由筆錄製作人記明其理由。

黃嘴鷗由我勘驗後做成筆錄，應該由杜茂財簽名，但是杜茂財當時大吵大鬧，對我的要求一概拒絕，我只得在筆錄旁邊簽字，並且註明理由，當時趕來維持秩序的警員也以證人的身分簽字，所以勘驗報告上雖然沒有杜茂財的簽名，也完全具有法律效力。

然後是第四十七條：

受處分人不服前條處分者，得於收到處分書後十日內，以書面向原處分海關聲明異議。

杜茂財既然在登岸驗關的那天已經受到沒入黃嘴鷗的處分，並且我當場就把處分書交給他，那麼現在時間已經過了兩個多星期，我們也沒有接到他的異議書，他自然喪失了請求覆審的權力。

總之，黃嘴鷗現在的所有權屬於政府，海關為執行單位，可以依法處理這項國有財產。既然檢疫沒有問題，又有人表示願意購買，那麼把牠拍賣，為國庫增加一筆收入，應該是最好的處理方式，何況兩位外國專家也都贊成，愛鳥協會的梁會長又一副非買不可的樣子，更不愁流標找不到買主。昨晚回到首都後，我立即打了一個電話到署裡，還沒下班的署長親自接聽了我的電話，我向他報告一切，並建議舉行拍賣。他說他對此也有同感，要我今天一上班就和他進一步討論。

我複習完法律條文就到署長辦公室報到，祕書告訴我已經有兩個克奇茲外賓到了，我進門一看正是賀欽森和柯爾曼。

這樣早就見到他們，我不得不佩服這兩個外國專家的敬業精神。對海關來說，他們老遠跑來發表意見，已經類似攪局，但是人家決定做一件事，會不惜萬里奔波到另一個國家，又在陌生的地方不停地活動，非把事情處理完不可。老實說這種主動積極的態度，正是我國公務人員所欠缺的。我想署長一定也和我有同樣的感受，大家打過招呼後，他和兩個外國專家這樣繼續談下去：

「昨天的情形謝先生已經告訴我了，我很敬佩兩位工作認真的態度，也暸解你們時間有限，不能久停的情況。其實我們也認為應該盡快拍賣，解決這個問題。哦，讓我看看。」

他轉過頭來問坐在旁邊的查緝科孫科長：

「今天下午署裡的拍賣室有沒有空？」

科長畢恭畢敬地答道：

「有空。如果署長決定拍賣，我們立刻貼出通告。」

「好，發出通告。還有，下午的拍賣，我想就由睿生來主持吧。」

署長坐正，告訴兩位克奇茲專家：

「賀欽森先生，柯爾曼先生，我們現在決定拍賣，時間是今天下午三點半，地點就在這幢大樓裡的拍賣室，我邀請你們到時候來參觀。」

兩位外賓放下一樁心事似地同聲道謝，然後起身告辭。署長問他們下午拍賣之前想到哪裡去，署裡樂於派人陪同。賀欽森說他已和愛鳥協會約好，要去那兒參觀，柯爾曼則說他想去看看從前留學我國時的老朋友，都婉謝了署長的建議。

下午三點過五分，賀欽森和愛鳥協會的人就到了署裡，除梁會長之外還有好幾十個，男女老少都有，加上記者和一些看熱鬧的人，倒也把一樓的拍賣室幾乎坐滿。三點三十分整，我仔細檢查一切文件和自己的服裝儀容後，領頭走進這個開了冷氣的大房間，接著裝了黃嘴鷗的籠子由兩個署裡的工友小心翼翼地抬進來。

我們署裡拍賣沒入物品的工作也屬於查緝組，但拍賣主持人通常不會是原來查獲私貨的人員，為的是避免嫌疑，杜絕弊端。這次黃嘴鷗的案子由我從頭辦到尾，可說是一個例外。當然這個案子比較特殊，原先挾帶私貨的人並非以牟取不法利益為目的，沒入的物品也不值什麼錢，但由於已經成為生態保育和國際視聽攸關的案件，又因為應外賓的請求而具有時效性，那麼解鈴的工作自然還是交給繫鈴人為宜，署長可能就是因此才指定我的。我既然碰上這個機會，自然要好好表現，希望一切在法律與情理兼顧之下，把案子解決。

我慢慢坐進拍賣主持人高據一方的位子，示意兩個工友把鐵籠子放在右手邊的一張木桌上，清清喉嚨，敲響木槌，宣布拍賣開始。

這次拍賣採取書面出價的方式，有意承購的人把出價用信封密封，在封口上簽名蓋章，交到我這裡，我檢驗、編號後一一拆封唱價，出價最高的人所出的價格如果不低於底價，就算正式購得，繳款後可以把東西拿走。

由於預料這隻鳥必然被愛鳥協會以低價買走，所以今天的場面很輕鬆。雖然正式的手續不能缺少，但完全沒有平常那種幾個志在必得的買家怒目而視的情景，輪值的女記錄員也是一副懶洋洋的樣子。

果然，坐在第一排的愛鳥協會梁會長立刻面帶笑容地走上來，遞給我一個信封，我拿起信封看過正反兩面，宣布合乎規定，把它編為一號，放進桌上的一個文件籃。

本來我一直懷疑除了愛鳥協會以外還有誰會出價，可是梁會長離開後，下面的人群中忽然發出一陣竊竊私語，只見又有兩個人離開座位，手持信封走過來，我也不禁大為驚奇，連忙注意這兩個不速之客。

走在前面的中年人戴著眼鏡，一派斯文，看來十分面熟。他走到桌邊我才猛然想起，他好像不久前上過電視，說要以首都大學教授的身分競選國會議員，名字我想不起來了。我向他點點頭，接過信封翻視一下，蓋上二號章也放進籃子裡。

走在後面的是一個說不出有什麼特徵的男人，穿著一身最普通的藏青色西裝，恭敬得有點謙卑的雙手捧上信封，看到我檢視一遍蓋上三號章，向我微微一鞠躬才退回去，以後就再也沒有人上來。

我略等了一會，才猛敲一下拍賣槌，大聲詢問：

「還有沒有人出價？」

連喊三次沒有人答應，我又敲一下槌子，舉起文件籃給大家看，然後開始拆封。第一號愛鳥協會的標單出價六百元，底價是五百，已經超過。我大聲唱出數目，底下的人馬上響起一陣嗡嗡的說話聲，輕鬆的氣氛一下子又恢復。

第二號信封拆開後，我看到出價一千元，投標人的名字是李公實。我想起這個名字，果然就是要以自然生態保育為號召，出馬競選議員的那位教授。妙的是他在信封裡另附了一張紙條，上面寫著：

「若本人購得黃嘴鷗，願將牠捐贈給愛鳥協會飼養，待其體能恢復後再試行放飛。」

這顯然是一個任何時間都不忘記自我宣傳的人，大概巴不得我當場唸出來，好免費為他製造生態保育急先鋒的形象。一個奉公守法的公務員當然不會上他這種當，替他宣讀與拍賣無關的自我宣傳。我只唸了出價，便把兩張紙放回信封裡，一抬頭，正好和他的目光相對。那雙剛才充滿了討好笑意的眼睛，這時忽然變得怨恨惱怒，我不理他，繼續拆第三個信封。

當我看到第三個信封裡的價錢時，驚奇得一時說不出話來。我的臉色必然影響了全場，所有的聲音頓時消失，我可感到幾十雙眼睛集中在我手中的紙片上，連忙收斂心神，儘量使聲音正常地宣布：

「第三號標單出價五萬元整……」

那時的情況已經很難形容，反正是全場沸騰，所有的眼光立刻由我轉向那個穿藏青西裝的人，幾個記者馬上就要過去採訪，我立刻不斷地猛敲木槌，大聲呼喊「遵守秩序」，才逐漸控制住情況。眾人勉強安靜下來，我拿起杯子喝了一口水，繼續剛才被打斷的話：

「本案底價五百元，標單共三件，其中以曾星旺先生出價的第三號標單五萬元為最高，也高於底價。本人宣布，大濱港關沒入的黃嘴鷗一隻，由曾星旺先生得標。」

姓曾的中年人在嘈雜的議論中走到我面前，從西裝口袋裡掏出一疊一千元面額的鈔票放在桌上，我愣了一下才想起對他說：

「請把身分證件給我們登記。」

他立刻從皮夾裡掏出身分證遞上來，我核對照片，果然是他沒錯，再看他的職業，記載的是金城股份有限公司祕書。我把身分證和錢交給呆在一旁的記錄員，她才大夢初醒般地數起來。

姓曾的原來還有兩個助手，他們抬來另外一只鐵籠把黃嘴鷗裝進去，又搬上一輛有頂的小貨車就開走了。姓曾的上車前回答了記者的幾個問題，說他很喜歡這隻鳥，一定會好好照顧牠。我最後看見李公實也猛力從人叢中擠上去，遞給姓曾的一張名片，還搶著說了幾句話，想必是請姓曾的跟他聯絡，「共同致力自然生態保育」吧。姓曾的走了以後，他還拉著兩個外國專家講個不停。

拍賣就這樣戲劇化地結束了，我們海關的燙手山芋順利地拋出，還替國庫收入五萬元。我向科長、署長報告的時候，他們都非常高興；唯有經過今天這一場拍賣才發現，這個社會上竟有這麼多人對鳥如此著迷，實在出乎我們的意料之外。

一九八六年五月十日，星期六／勞倫斯．柯爾曼（Lawrence L. Coleman）

彈電子琴的樂手換了一曲舞曲，身旁穿著豔藍紗禮服的女人把我的酒杯再度注滿。這個叫做卡塔琳娜的妖精搖晃著又黑又長的頭髮，附在我耳邊說：

「拉瑞，怎麼還不請我跳舞？」

憑她知道拉瑞是勞倫斯的暱稱，我就肯定今晚沒有選錯。我喜歡有點程度的女人，而今晚我是應該選對的，不論對出錢把她包給我的鍾金城，或是克奇茲，甚至這個布龍國，我今天都值得一個我喜歡的女人的服務。

在完成任務後，我才感到上級看得真準，這個任務我的確是適當的人選。我有克奇茲動物學會理事的身分，懂得候鳥，親手放出VEE，又到過布龍國幾次，會說布龍語，瞭解他們的風俗習慣；更妙的是，我還熟識鍾金城，這便成為最後的關鍵。

肥頭大耳，性好漁色的鍾金城在布龍並不十分出名，可是他的地位絕不下於一個部長，他的財富更是那些身在明處的官員望塵莫及的。鍾金城的金城股份有限公司在此地的電話號碼簿上列入進出口類，只有小小的一欄，然而他進出口貨物的清單，可以把任何人都嚇一跳。這包括賣出鋼盔、軍用水壺、膠鞋、毛氈，買入單人操作的防空飛彈、磁性水雷、紅外線瞄準儀等等。當然金城股份有限公司也做諸如皮革、成衣、運動鞋、戶外活動器材之類的生意，做得還很不錯，但那是布龍政府特別優待他做為交換條件的結果，因為鍾金城在國際軍火市場上有些路子，可以弄到一部分布龍政府需要的東西。

我過去曾經代表克奇茲和鍾金城接觸過，祕密到了布龍幾次，最後跟他做成一筆軍火生意，佣金也進了他在瑞士銀行的戶頭，所以他把我奉為上賓，視為密友。幾天前我到了不久，他就派出在布龍比他更不為人知的心腹曾星旺和我聯絡，很上路地帶話說，這次顯然我不是找他談生意的，正好約上一天拋開一切，大家樂一樂。我立刻給他回電，打過一陣哈哈後欣然接受他的邀請，還告訴他我有一樣對他的老鳥有幫助的小禮物，到時候送他。我心裡打算，反正這次帶了些印度神油什麼的來，為的就是碰到這種情況可以送禮，正好順便投鍾金城這些人之所好。

老傢伙聽了大樂，說禮物到時候再看，這幾天他先去物色幾個真正了不起的妞兒準備好，在大笑聲中我們掛上電話。

以後幾天我因為太忙，就暫時把他忘了。我的處境也的確日益艱難，到前天晚上放飛失敗時，更陷入危險的極點。那時因為賀欽森老學究愛鳥心切，把飛不起來的鳥又趕回籠子，注定了黃嘴鷗短期內離不開布龍的命運，不是要拍賣，就是要捐贈。如果牠真帶了VE病毒，大概會在一星期到十天之間發作，而這就是我最後的期限，我必須在這以前把鳥解決。

我曾想找個機會不顧一切地把鳥殺死，可是理智告訴自己不能輕舉妄動，因為殺掉鳥容易，但銷毀牠的屍體和病毒卻成為另一個難題。當晚我翻來覆去地推敲，也找不到好辦法，絕望之餘一度竟然膽怯得心存僥倖起來，想對布龍人擺出一副生氣他們孺子不可教的臉色，第二天一走了之，這樣鳥沒有帶病毒固然就一切沒事，鳥帶了病毒，發作起來也是布龍人倒楣。

念頭一起，我習慣性地立即收拾行李。我打開箱子裡層，幾個印度神油的小瓶子映入眼簾，突然之間靈光一閃，我像坐在浴缸裡的阿基米德一樣找到了答案。

答案就是鍾金城。別看他常常為布龍國經手最精密的科技產品，這個人腦子裡還是標準的傳統布龍觀念，絕不比晚上圍在六角廣場夜市看賣蛇肉的人高明。這個老色鬼最講究「補」，他和他那些穿著拖鞋短褲的窮苦同胞一樣地相信，吃下動物身上的某一部分，就可以增加自己身體這一部分的功能；而整隻吃下某一種動物，就可以獲得這種動物的某些特質。

所以有錢的布龍人如鍾金城者流會津津有味地吃著高價進口的海狗鞭、犀牛角；普通的布龍老百姓也會弄些鱉肉湯、烏魚精下肚。來到這裡的第一個晚上，這種情景讓老學究賀欽森大驚小怪，也使布龍環境局派來接待的知識份子吳國煌大感難堪。由於我早已對這些見怪不怪，當時並沒有放在心上，但我相信，我的潛意識裡仍然記得這件事，前天晚上被自己一逼就逼出來了。

試想，鍾金城迷信補品，又要找我玩女人，我則迫不及待地要處理掉黃嘴鷗，又說過送他禮物的應酬話。那麼，我推動一下拍賣的事，再提供情報，讓鍾金城把黃嘴鷗當成補品買下，豈不一切解決？這種設計更絲絲入扣的是，鍾金城有的是錢，隨便出個價就可以把那些什麼自然保育團體嚇得半天合不攏嘴，買下鳥以後，他的權勢又能使這個開發中國家的政府和新聞界都不再囉唆，天下還有比這更妙的事嗎？

我在五分鐘之內打定主意，然後洗個澡上床睡覺，幾乎立刻睡著。這就是專家和生手不同的地方。專家在能休息的時候會休息，該放鬆的時候絕不緊張，這件事，我漸漸有把握了。

昨天早上六點二十五分我自動醒來，雖然只睡了五小時，卻覺得神清氣爽，幹勁十足。漱洗過後，我下到旅館的大廳，用公用電話打到鍾金城家裡。他果然在做早操，我記得沒錯，這老色鬼在準備大搞一晚之前，一定會先齋戒鍛鍊幾天。

清晨時布龍國橫衝直撞的計程車開得尤其快，不到七點，我已經在鍾金城大宅游泳池旁的韓國草坪上，和他喝著番茄汁了。

鍾金城在政壇幕後和商場上打滾多年，練成一套不動聲色的本領，客人不談到要點，他可以一直天南地北地陪著聊下去。我深深瞭解這點，和他閒扯幾句之後，就先告訴他我為黃嘴鷗來只是藉口，其實另有送信的任務，並且已經完成。我想他一定知道我這幾天的活動，包括抵達後的第二天去了一趟克奇茲大使館在內，才冒了一點險先這樣說出來。

果然那個只要有錢賺六親都不認的老色鬼的個性被我料中，他認為我的任務不干他事而沒有再問，於是我在輕鬆的談話中逐漸帶出主題：

「鍾老，今天我還可能很忙，所以一早就來了。上次我不是說要送您一點小禮物嗎？像您這樣的行家，我自然不敢拿什麼神油之類的在您面前班門弄斧。這次的東西是現成的，不過我得先向您抱歉，這次，得您自己去買。」

「哈哈，拉瑞，你什麼時候變得這樣小器了？」

「這次沒辦法，就讓我小器一次吧。鍾老，那隻迷路的黃嘴鷗，可是個好東西哪！」

「哦？」

我知道他開始注意，便降低聲音說下去：

「我們剛剛研究出來，這種鳥的公鳥，吃下去對男人的那個，好得很。您想，這些鳥每年都要遷移兩次，一飛上天，幾個星期都不下來，以鳥補鳥，就是這個道理。」

我故意四面看看才繼續說：

「這隻剛好是公的，而且牠迷了路，飛得比別的都久，可見牠的耐力超乎尋常，機會難得啊！」

鍾金城瞇起眼睛，語調輕鬆地問道：

「幾個星期太久了，我只要幾十分鐘就好啦。不過拉瑞，你可是克奇茲動物學會的會員，怎麼不勸人愛鳥，反而勸人吃鳥？」

我早就料到他會有此一問，立刻答道：

「我也是勸您愛『鳥』啊，只是此鳥非彼鳥罷了……」

我臉色一整地接下去：

「愛鳥愛到把鳥供起來，是賀欽森那老學究他們的做法，我可不這樣想。天生萬物，就是要給我們用的，當然我們不能用得太過分，以後沒得用也不行，可是只要不讓黃嘴鷗絕種，吃牠一兩隻又有什麼關係？」

看到他深深點頭的樣子，我知道已經差不多了。人性的弱點，竟然這樣輕易就可以利用！他以下的問題，更在我的掌握之中：

「不介意我問你吧？你自己試過嗎？」

我當然順著他的性幻想信口胡謅：

「鍾老，您一定知道我國太平洋屬地那幾個小島，那裡的土女成熟得早，騷起來厲害得不得了，誰要是做了她們貼心的情郎，就有可能嚐到這種鳥湯。晚輩不才，也吃過兩三次，的確有用。」

接著，鍾金城的腦筋轉到一個我意想不到的方向，使我在突然一陣提心吊膽以後，發覺雖然多了一項後遺症，但眼前的問題都解決了。

「哈，拉瑞老兄，我看你一定有陰謀。」

「鍾老……」

「你還是想賺我的錢對不對？飛彈不賣，這次要賣鳥了。反正我是你的進口總代理，你要賣鳥到布龍也可以，可是為什麼樣品也要算錢，還得我去買？」

「鍾老，您真了不起，什麼都瞞不過您的法眼。我在想，這黃嘴鷗的確是一筆可做的生意。您既是食補的權威，也瞭解補品在布龍的市場，為什麼不自己來做？當然，一定得您親自試驗過，才能進一步跟您談，所以我原來沒有說，想不到還是被您一眼就看出來了。」

我順勢再恭維他一陣，老傢伙大樂。等他笑完了，我才向他解釋，黃嘴鷗海關今天可以決定拍賣，依照布龍國的法律，海關沒入物拍賣時，外國人不得參加投標，所以只有一早來請他老人家出馬。我還煞有介事地向他表示，如果他吃了這隻鳥有效，就要和他商量進口的細節，希望那時候雙方都以對方為唯一的交易對象；他則和我熱烈地握手，說這個君子協定，他一定辦到，至於狂歡的時間，就訂在星期六晚上。

我臨走時，對這個已經入彀的老色鬼說出計畫的最後一項要點：

「黃嘴鷗不能隨便吃，尤其不能先殺死拔毛。您要準備一個大鍋，最好是那種密封式的壓力燉鍋，在鍋裡燒滾大半鍋水，可以加進米酒、人參、枸杞子這些您喜歡的佐料，然後把整隻活鳥放下去，立刻蓋上蓋子，蓋縫全部密封起來，大火煮三個鐘頭，就可以吃了。唯有這樣，鳥身上的精華才能一絲不洩，全部轉到您的身上。」

看他那種專注聆聽的神情，我也只好愈講愈嚴肅，最後簡直像個在實驗室裡上課的中學理化老師。對付這種第三世界的頭目，有時候固然要謙虛有禮，自認「精神文明」不如他們，有時候卻也得擺出一副給他們上課的面孔，才能滿足他們自大狂和自卑感揉合在一起的雙重需要。我一向擅長這個，這次表演得尤其精采，有人說情報工作也是一種藝術，我想就是指這方面吧。

我摟著卡塔琳娜的纖腰站起來，準備走進舞池，正好看見鍾金城迎面走來，兩隻手臂上各攀著一個花枝招展的女人。他抽出右手拍拍我的左肩，曖昧地說：

「拉瑞，閣下的情報，大大有價值！那個迷路的寶貝，我不是昨天買下來，今天就照你的話把牠給做了嗎？現在，我只覺得我的寶貝好像長了翅膀一樣，要飛起來啦！我失陪了，你自己玩，卡塔琳娜知道在這個俱樂部裡，她應該帶你到哪裡去。」

鍾金城向我眨了一下眼睛就轉身走了。我擁緊卡塔琳娜跳舞，她柔順地伏在我身上，什麼也沒說，什麼也沒問，好像那三個人根本沒有出現過一樣。這正是我要的類型，我真是有點喜歡她了。嗯，勞倫斯與卡塔琳娜，聽起來像是一對璧人，雖然只有一個晚上，也是一個晚上的一對璧人哪！

我索性把左手放下來，雙手抱住卡塔琳娜的腰，她則兩隻手勾上我的頸子，緊緊貼著我，隨著節拍擺動。鍾金城身邊的兩個女人，這時也一定在盡力討好他，他今晚的表現會不錯的，但我知道那是他齋戒鍛鍊幾天，和我給他心理建設的結果，與他吃下去的黃嘴鷗毫無關係。他在吃下一堆營養價值類似燉雞的海鳥肉時，不知有沒有也吃下一大堆ＶＥＥ病毒？不過這已經不重要了，因為即使如此，這些病毒在他吃下去時都已經死了，毒性也完全消失。根據我們的實驗，ＶＥＥ病毒在沸水中煮將近九十分鐘就可以完全殺死，而我為了安全起見，要鍾金城用壓力鍋大火燉了它們三個鐘頭！

音樂終止，卡塔琳娜喚了一聲「拉瑞」，就要引我向大廳角落的樓梯走去，這一次，我附在她耳邊說：

「這裡太吵，我不喜歡，到我的旅館去。」

我在最後小心地避開了鍾金城的私人俱樂部，我雖然不怕，可也不願意讓別人偷拍到我在床上的照片。

旅館外賀欽森房間的窗口一片黑暗，老學究一定是生氣地睡了。昨天黃嘴鷗被曾星旺買下後立刻失去蹤影，賀欽森和那些布龍愛鳥協會的人只能胡猜瞎猜，到處打聽，當然打聽半天也不會有什麼結果。後來老學究徹底失望了，嚷著布龍人不可理喻，他下一班飛機就要回去，我隨聲附和，當時就訂了星期天早上的機位。我這趟任務最後解決得圓滿，實在已經到達出神入化的地步。

這就是勞倫斯．柯爾曼的風格。而這種風格，我自認可以直追第一次世界大戰時英國那個也叫勞倫斯的傢伙。這傢伙當年跑到阿拉伯創造了一番豐功偉業，後來人稱「阿拉伯的勞倫斯」。既然第二次世界大戰時日本的土肥原賢二還敢東施效顰，號稱是「中國的勞倫斯」，那麼在這可能是第三次世界大戰爆發的前夕，我柯爾曼為什麼不能是「布龍的勞倫斯」呢？

我們跨出電梯，走到我的房門口。在開門的時候，我對卡塔琳娜說：

「今晚不要叫我拉瑞，叫我勞倫斯。」

她進去之後，用露在禮服外面的大半個背抵住門，慢慢把它闔上，然後抬起頭，半閉著眼，殷紅的嘴唇裡吐出磁性的聲音：

「是的，勞倫斯。」

三星期後

熙明輪離開大濱港後，一連碰到幾天好天氣，海面波平浪靜，船尾的航跡可以看到好遠。舵工杜茂財交班下來，一個人去廚房裡找些剩菜剩飯，裝在一個盆子裡，帶到甲板上。

杜茂財把盆子放下，退到一個角落裡靜靜坐著，不久，幾隻海鳥便飛下來，圍著盆子你推我擠地大口啄食。老舵工銳利而飽經風霜的眼睛困惑地望著這些鳥，這樣不知坐了多久，他的肩頭猛然被人拍了一下，身旁響起那個最愛開玩笑的年輕人的聲音：

「老杜，又在發呆餵鳥啦？」

杜茂財抬起頭，和來人打個招呼說：

「小林，你幫我想想，我實在不明白，為什麼上次我帶進關一隻海鳥，差一點就坐牢，可是那些當官的，念過書的人把我的鳥搶走，倒可以賣到五萬塊？」

姓林的年輕人聳聳肩說：

「我也不知道，大概是他們有路子，你沒有。」

杜茂財指指不遠處的幾隻鳥，感慨地說：

「你看，抓鳥一點也不難，只是怎樣才能帶活的進去，又怎樣才能賣掉？」

「老杜，不要在這裡為鳥傷腦筋了，你我這樣的人，搞不出什麼名堂的。風平浪靜，要不要去摸八圈？就是你、我、廚子和小蔡，麻雀也是鳥啊。」

「好吧。」

杜茂財站起來，看到年輕人左手拿著兩份報紙，他指指這個他看不懂的東西問道：

「有沒有什麼新聞？唸來聽聽。」

年輕人打開報紙說：

「都是三天前的舊聞了，也沒什麼，隨便唸幾條給你聽吧。嗯，克奇茲和加西亞可能要打起來了：克奇茲國防部說，加西亞空軍轟炸機四架，前天闖進克奇茲東北部領空，經克奇茲戰鬥機緊急起飛攔截，才調頭離去。地面方面，加西亞巡邏隊昨晚鳴槍衝進邊境附近的一個牧場，擄走大批牲畜，並打死平民兩人……嘿，這個比較有意思：怪病侵襲加西亞：據可靠消息顯示，過去半個月來，加西亞東部、中部出現一種怪病，類似嚴重的流行性感冒，人畜都會感染，到目前為止，估計已經有數十萬人病倒，數千人死亡……」

杜茂財揮揮手打斷他的話，一邊開始移動腳步。他們走下鐵梯，話聲漸漸消失在船艙裡：

「沒有上次那隻鳥的新聞？」

「沒有。你不要老是不死心了……」

（一九八六年十一月三～十四日《中國時報》人間副刊）

故事到這裡告一段落。
四顧海天蒼茫，龍戰未戢，
蘇曼殊詩中所描述的情景，庶幾近之：

海天龍戰血玄黃
披髮長歌覽大荒
易水蕭蕭人去也
一天明月白如霜

第三次出版　後記

一本書，五個故事，寫了九年，三次出版，三家不同的出版社，用了三十二年。

我自己都不知道該說什麼了，就讓回憶開跑吧。

當我眼裡的這個世界還很年輕的時候，南臺灣稻浪翻飛，銀河燦爛，海風輕柔。身穿空軍少尉藍制服的我，在屏東大鵬灣邊空軍幼校宿舍的燈下，開始寫第一篇科幻小說。我好奇的眼睛開始看見山，山上藏著謀略；看見水，水裡隱著波瀾，於是，《海天龍戰》裡的每座山、每片水，在以後的九年裡逐一成形，不久，它們第一次出版成書。

當我眼裡的這個世界加速改變，迅速到超乎我預料的時候，網路無遠弗屆，複製動物廣布各國實驗室，核子動力探測車把火星的沙塵壓出條條軌跡。換下在《中國時報》總管理處辦公室裡的西裝，重新穿起學生服的我，在臺大總圖書館閱覽室的燈下，開始寫畢業論文。我已經看過太多太多山間的謀略，看過太多太多水底的波瀾，山本身的容，水本身的貌，好像已經不再重要。這時，《海天龍戰》第一次出版已過二十年，換了一間出版公司，這本書第二次出版。

當我眼裡的這個世界就是現在這個樣子的時候，地球暖化，氣候劇烈改變，全世界高溫酷熱，極凍嚴寒，野火燎原，洪水氾濫；天災加人禍造成的核子災難一次比一次嚴重；伊波拉病毒、馬堡病毒、拉薩熱病毒、漢他病毒、SARS病毒、MERS病毒、COVID-19病毒紛紛出現。今晚，身穿輕便舒適老人裝的我，在自己書房的燈下，開始寫這篇後記。世上已經不再有新鮮事，我看到山，山上仍然藏著謀略，看到水，水裡依舊隱著波瀾，龍永遠戰於野，其血永遠玄黃；只是，山畢竟是山，水畢竟是水啊。這時，《海天龍戰》第二次出版也已經過去十二年，再換了一間出版公司，用其中一個故事〈綠猴劫〉為名，這本書第三次出版。

見山是山，見水是水；見山不是山，見水不是水；見山又是山，見水又是水。

少年聽雨歌樓上，紅燭昏羅帳；
壯年聽雨客舟中，江闊雲低、斷雁叫西風；
而今聽雨僧廬下，鬢已星星也。
悲歡離合總無情，一任階前、點滴到天明。
——宋　蔣捷，〈虞美人．聽雨〉

多少年來，人類不斷在個人主義、家族主義、地域主義、宗教主義、階級主義、民族主義、國家主義、世界主義、無政府主義等等中拉拉扯扯，歷史也就曲曲折折，歪歪倒倒地蹣跚前進。雖然如此，地球畢竟是地球，我們的家園畢竟是我們的家園，所以，山就應該是山，水就應該是水。

每當春天來臨，杜鵑聲聲啼喚，聽起來仍然是「布穀、布穀」，而不是「作戰、作戰」。時當二〇二〇庚子年春日，在維艱維難的局面中，《海天龍戰》以《綠猴劫》為名又告現蹤。又一次披髮長歌覽大荒，海天依然龍戰，人間依舊劫難，只是這個世界山間的謀略愈來愈深，水底的波瀾愈來愈大了；所以，我還是我，雖然已經知道永遠也說不完，但還是在述說著這些故事。

謝謝時報文化出版公司與出版本書的工作團隊，您們時機拿捏精準，工作效率高超，「草枯鷹眼疾，雪盡馬蹄輕」就是這段時間與各位合作的寫照。

謝謝關注這些故事的朋友們，作者與各位一本老書喜相逢，驀然回首，燈火闌珊處，您可曾彷彿看到書中的那些人，那些事？

海天龍戰已三十二年，作者也由青年歷經中年進入老年，三十功名塵與土，八千里路雲和月，這些年來，樹猶如此，劫猶如此，只是朱顏改。

朱顏改，海天龍戰不改，劫不改，這本書也不改。

這就夠了。

正是：

一夢青春四十年　幾回天末感烽煙
新聞豈料出科幻　舊史原知隱奧玄
自古人間多詭局　於今世上待狂狷
千帆過盡龍猶戰　啼血聲聲噪杜鵑

第三次敬謝觀戰諸君。

葉言都

於庚子年驚蟄後六日

附錄

第一版 推薦序

葉言都派科幻小說的獨特風格
——寫實手法與歷史觀點

文・張系國 美國匹茲堡大學教授

葉言都的科幻小說，第一篇該是發表在《現代文學》的〈高卡檔案〉。嗜讀戰史的我，初讀〈高卡檔案〉時愛不釋手。作者透過一位老將軍的回憶，穿插了一段段檔案文件，敘述高卡族滅亡經緯。〈高卡檔案〉是科幻小說，也像歷史小說，又可以算是戰爭小說，總之是極其獨特的文學創作。〈高卡檔案〉的另一特色，是作者極其小心謹慎敘述高卡族的生活環境、高卡特區的物產及氣候等等，使讀者不能不相信真有高卡特區存在。

用寫實的手法，一絲不苟撰寫科幻小說，成了葉言都派科幻小說的獨特風格。其後他陸續寫成了〈綠猴劫〉、〈我愛溫諾娜〉及〈迷鳥記〉，這些故事都是以對立的兩個鄰國之間的勾心鬥角做為背景，每篇寫法又不盡相同，卻有主題上的連貫性。這系列小說，顯然還可以一篇篇繼續寫下去，猜想這也是作者專心經營的目的之一。當然，作者的政治見解和歷史觀，也通過這一系列的科幻小說表達出來。

〈古劍〉是這本選集的第一篇作品，也是篇諷刺意味極強的作品。我們經常說中國文化博大精深源遠流長，又相信各種國寶的妙用，包括中藥、紫微斗數、西藏神油、虎骨鹿鞭——但這些國寶，是否也和古劍一樣，早已腐朽的不堪敵人一擊了呢？正如作者所說，「一千年以來，冶鐵煉鋼的技術進步了不少」，但是我們迷信古劍的心態改變了嗎？

葉言都派科幻小說的出現，是中國科幻小說史的里程碑。如果我有什麼批評的話，那就是直到目前為止，作者還沒有寫過除了高卡特區之外，加西亞國內部的故事，因此這一系列小說對加西亞國有點不公平。當然加西亞國是「壞人國」，但是壞人的故事，我們也同樣會有興趣；看起來這「雙國城」

的故事，還有得好寫的呢！

一九八七年四月一日愚人節

（本文原載於一九七九年八月《現代文學》復刊第八期）

第一版作者後記

《海天龍戰》裡的各篇，多少都請教過有關的專家，在此特別向他們致謝。沒有他們的協助和指教，這些文字是無法寫成的。

〈高卡檔案〉：臺灣大學人類學系陳奇祿教授，他教我認識人類學，使我能以這門學科的眼光看這個世界。

〈綠猴劫〉：聶崇章先生，他提供了法國對愛滋病與非洲綠猴之間關係研究的資料；徐仁修先生，他在東南亞、中南美洲與土著共處的經驗和作品，給我很大的啟示。

〈我愛溫諾娜〉：四位氣象學家——空軍氣象耆宿戚啟勳先生、臺大大氣科學系陳泰然教授、中央氣象局預報中心副主任任立渝先生、發言人姚慶鈞先生。他們提供了颱風、人造雨和美國颱風改造計畫的知識，並引導我參觀氣象局。

〈迷鳥記〉：莫昭平女士，她提供了《華盛頓郵報》（*The Washington Post*）對美國國防部候鳥研究與史密桑尼研究所（Smithsonian Institution）之間關係的報導；臺北野鳥學會理事長郭達仁先生、賞鳥作家劉克襄先生，他們提供了候鳥遷移與鳥類生態習性的資料；高雄鳥會會長歐瑞耀先生，他提供了白腹鰹鳥迷途入境一事的來龍去脈；秦忠毅先生，他提供了必要的航海知識。

各篇中的軍事裝備資料則來自趙伏雲先生。

在精神上，姚一葦先生、張系國先生和季季女士對我的鼓勵，是我能夠繼續寫作的重要因素。

最後是內子嘉麗，她是第一個讀到各篇草稿的人，也曾經給我中肯而並不容情的重要批評。因為如此，這些文字今天才能以這樣的面貌呈現於讀者之前。

第二版　導讀

昔古劍今軍武，天地蒼茫，迷思依然
——關於《海天龍戰》

文．臥斧　文字工作者

一隻迷途候鳥被漁民捕獲，船上廚子打算把牠帶回家給孩子玩，不料經過海關時，海關官員認為此禽無相關證明、不能入關，一場大鬧之後，不僅引來了媒體、動物園及保育人士的關切，甚至遠在地球另一端的某國都派出兩個專家前來瞭解及協助……一隻迷鳥，為何會牽扯出這麼一堆事端？

這是葉言都〈迷鳥記〉故事的開始。

〈迷鳥記〉原連載於一九八六年十一月的中時人間副刊，後來收入葉言都《海天龍戰》一書，全書主要由五篇短篇構成，可獨立視之，除了第一篇〈古劍〉之外，其餘幾篇的時空背景皆為二十世紀地球某處，成書時間雖早，讀來卻無半點陳舊之感。以兩國的敵對態勢為前題，故事的角色們幾乎都自願或非自願地被捲入戰略或軍武研發當中，於是在〈高卡檔案〉裡有為防止邊境民族被敵方收編而進行的滅種計畫、〈綠猴劫〉裡進行為求制敵機先的病毒戰研究、〈我愛溫諾娜〉裡為防範敵方以無武裝民眾進犯而開發了颱風控制方案，以及在〈迷鳥記〉中發展利用候鳥搭載生化病毒成為天然載具的攻擊行動。

氣象戰、生化戰……我們不難發現，這類因戰而生的發明，現今仍持續出現。

不僅主題前瞻，《海天龍戰》裡的各篇結構及型式亦十分特殊：〈高卡檔案〉由老將軍翻閱舊檔案及自身回憶相互構成，〈綠猴劫〉先以兄弟兩人不同的視角陳述經過、再以第三人稱觀角收尾，〈我愛溫諾娜〉當中大量的氣象知識及現實殘酷結局令人歎服，而〈迷鳥記〉當中以各角色視點審視，不但讓整個事件立體鮮活，也巧妙地將各種利害糾葛織入其中。

除此數點，《海天龍戰》能夠歷久彌新的原因，或許更應從第一篇〈古劍〉來談。

〈古劍〉一篇看似與其他數篇無甚相關，讀來很有武俠氣味，描述一青年劍客尋求古劍打算行俠仗義，卻在結尾轉了大彎，嵌入科技的現實元素。事實上，無論作惡或者自認行善，一旦將啟戰端，對兵器便生迷思，昔為古劍，今為各式軍武，盡皆如此。在此迷思當中，人性當中利己、短視、自欺及無知的面向，於是表露無遺。在作者後記裡，葉言都以詩僧蘇曼殊的〈七絕．以詩並畫留別湯國頓〉兩首之一做結：

海天龍戰血玄黃／披髮長歌覽大荒／易水蕭蕭人去也／一天明月白如霜

本書書名援引此詩，其中「龍戰」也者，指的是群雄割據相爭；然雖玄黃染血，縱覽大荒，但人去之後明月仍照，我們於是發現：對照蒼茫天地，這些算盡機巧的爭鬥實無意義。《海天龍戰》的歷久彌新，不止因為葉言都寫出了科幻當中的政治、官僚、名利場與學術界，更寫出了超越時空的人性百態。

第二版推薦序

一本散發真實力量的書

文·葉玲洋 美國專利事務經理

海天龍戰（一九八七、二〇〇八）——葉言都

海天龍戰血玄黃，披髮長歌覽大荒。

易水蕭蕭人去也，一天明月白如霜。

今年初貓頭鷹出版社跟我爸接觸說要重新出版這本小說，出版社問我爸要不要修改，我爸說不用了。一方面當然是他覺得他二十年前寫的東西寫得很好，另一方面或許這樣原封不動地把以前的故事拿來重新出版，才顯出這

本書歷久彌新的價值。

第二版唯一變動的是我爸新加的作者序和作者後記，以及邀請一些年輕作家寫的推薦序。

我在臺灣的家有一間四面是書的書房，上面擺的大都是父親看的書。我父親既是文史學者又好學博聞，書架上從古典文學、二十五史到近代科普、人物傳記，涵蓋了各種範圍。其中有一格專門擺放的是科幻小說，而這些科幻小說中又以華文/臺灣科幻小說占了最多數。

在我成長之期，臺灣有一群人正致力於華文科幻小說閱讀與寫作的推廣。以張系國為主，加上許多寫作者如黃海、平路、呂應鐘，還有我父親葉言都等人，定期舉辦科幻獎項，並且創立《幻象》雜誌，讓臺灣科幻小說作品有一個群聚及發展之地。現今臺灣科幻界推動的主力葉李華，就是在八〇年代這一波科幻潮下嶄露頭角的作家（有興趣的人可以去找當時葉李華科幻首獎〈戲〉，那是我印象最深刻的科幻小說其中之一）。那個年代還是我在對人世還懵懂卻又充滿好奇的青春期，找到這一格書櫃如獲至寶，被一篇篇由科學科技的想像力、人性的揭露、社會結構的開展等等組合而成的小說們深深吸引。尤其因為這些徵文選輯和雜誌等都是中短篇，很合我這個沒有耐心的人的胃口，我一篇一篇地看，又一篇一篇重複了看，甚至把我父親當評審時帶回家的科幻獎投稿作品也都看了，每一次好像都有所體悟。這是科幻小說的力量，充滿想像和驚奇卻不脫人文關懷。所以我的科幻啟蒙，甚至可以說是對人性社會關心的啟蒙，不是星際大戰，不是克拉克或艾西莫夫，而是這一群努力寫科幻的華人。

《海天龍戰》這本書，就是在那個時期首次出版的。

《海天龍戰》是五篇短篇的集合，相同的主題是敵對兩國的戰爭。其中〈迷鳥記〉、〈高卡檔案〉曾在《中國時報》副刊連載，利用颱風作戰的〈我愛溫諾娜〉獲得時報文學獎第二屆科幻小說首獎，再加上生化戰〈綠猴劫〉和開宗明志的第一篇武俠科幻〈古劍〉就合成這本各篇各自獨立又各自關聯的小說。

很多人說父親的這本書為華文科幻界另闢蹊徑，成為一種獨特的經典。這一部分跟我父親嚴謹的學者性格有關，他寫小說一定做足研究，拜訪相關專業人士，讓故事有扎實的根據，他的作品讀起來並非天馬行空的恣意想像，而是寫實到好像隨時就要發生，又或根本就正在發生的故事，一九八七年的第一版是這樣，二十年後讀來依然如此。另一部分，是我父親寫科幻小說的態度。爸爸在電話裡跟我說，他寫任何一篇科幻小說之前都會先問自己，這樣的故事是不是非得以科幻小說的形式表達，換句話說，如果科幻元素只是把場景從馬車換到太空船，武器從來福槍變成光劍，壞人從地方土霸變成黑武士，故事本身還只是相同的單純愛情故事，他就不認為有值得寫成科幻小說的必要。父親寫《海天龍戰》裡的這些故事並非銀河系帝國或生化人複製，而是用我們最熟悉不過地球上的國與國生態，用某種想像形式的戰爭表達一種警世意味，二十年後的現在我們絕對有能力像書中寫的來打生化戰了，而到底要不要，該不該讓它發生呢？

對於本來就看科幻小說的讀者，《海天龍戰》將呈現出另外一種科幻視野，對於平日不讀科幻的人來說，這本書甚至會給你更大的思考空間，好的科幻小說真正寫的是現在，而非未來。這本書沒有華麗的文辭或開闊的場面，有的只是父親最在行的敘述真實的力量。看完第一篇〈古劍〉或許就能了解，科幻到了最後也只是變成時間的冷語，人類的好戰與短視卻永遠無法休息。

我推薦這本書不僅僅因為是我父親的作品，更以一個華文科幻讀者角度來看，這本二十年前寫的科幻故事到現在依舊科幻（儘管以一種很迫切的姿態），並且以獨特的主題和思維與其他科幻作品區分，自然而然表顯這部作品無法取代的重要性，我爸這本《海天龍戰》不講電腦，不講太空船，卻科幻之極，更人類之極。

第二版自序

天風海雨觀龍戰

朋友，歡迎拿起這本書，與我一同神遊這個《海天龍戰》的世界。

三十多年前，我開始構建心目中的這個世界。那時我還年輕的感官，開始感受到家庭與學校外面的曠野；我還年輕的頭腦，開始尋找「事情為什麼會是這樣？」的答案。在學校裡我讀的是歷史，畢業後找到的工作是新聞。歷史研究過去的人類行為，新聞則追尋現在的人類行為，自然用不了多久，這個年輕的心靈中，就充斥著各種各樣的人類行為。

人類行為的面相，一如人的面貌。人在遭遇到迥然不同的狀況時，面孔會隨著心情起伏波動表現出喜、怒、哀、樂，行為也會隨著理智與感情的沖激，表現出有所為與有所不為的許多特徵。在亂世與變局中，這種情形特別明顯，就像：

蹈海魯連不帝秦

戰國亂局中，魯仲連抱持「寧可蹈東海而死，也不願尊秦王為帝」的有所不為原則，有所為地成功遊說趙、魏不對秦屈膝。兩千多年後清末民初的亂局中，詩人蘇曼殊受到感動，以此為他一首七言絕句的起句。以蘇曼殊幾首詩中的感嘆比對一九七五年到一九八七年間的局勢，就成為促使我把觀察與體驗到的人類行為，轉化為數篇故事的背景。那段時間的變局，您可以回憶一下，或者翻翻史書，查查舊報紙，必然有所領會。也難怪當年寫作時就有感觸，人生在世其實是：

茫茫煙水著浮身

不錯，就在您看這本書的當下，不知道有多少人正在全世界各個角落，為一心執著的理念，默默地艱苦奮鬥；不知道有多少奇思怪想，正因為人類的好奇、希冀與欲求，加上某些人的艱苦奮鬥，逐漸化為實際。更重要的是，當少數人正在全力拚搏，有所作為，甚至壓抑欲望，有所不為的時候，大多數人仍然在不受控制的本能與備受控制的資訊下，一天一天過著渾渾噩噩的日子。

不知不覺或許有福，但是，您既然願意看這本書，就表示您不屬於不知不覺的一群。為難的是身為有知有覺的人，卻不見得有機會與能力喚醒群眾，力挽狂瀾，於是油然生出：

國民孤憤英雄淚

我的朋友，世事本來如是，我們或許沒有機會與能力去改變環境，但絕不表示我們不瞭解。當然這個世界我們可能瞭解得不夠多，更可能永遠無法全盤瞭解；但只要我們不停地嘗試去瞭解，就更能直指核心，不被事物的表象迷惑，也才能更明白自己與他人所作所為的理由與意義。

然後，我們就能在做一件事時清楚地告訴自己，做的是什麼？為什麼要做？然後，去做。

自從這本書第一次出版以來，二十年已經過去。雖然今日的時空已與當年不同，科技的發展尤快，然而人性永遠不變，世間的悲喜劇也將在老情節內，以各種新面目一直演下去，等待行家看出門道。二十年間承蒙許多朋友閱讀、關懷與討論這本書，所以您們都是葉某的故人。如果您是今天第一次看到這些故事，也希望您和它們一見如故，從此成為葉某的故人。葉某願藉這本書的再版，將一貫的思考與關切：

正是：

灑上鮫綃贈故人

（調寄如夢令）

年少耽情科幻，

海雨天風龍戰；

今又見斯篇，

幾度斗移星換。

君看，

君看，

人性可曾生變？

第二版作者後記

想不到這本書也會再版，再版已是二十年身。

二十年間以《海天龍戰》為閱讀、購買、討論、研究、批評、指教、講授、列入教材、列入參考書目、寫報告等對象的諸位先生、女士，作者在此敬致謝忱。因為您們二十年間的關心愛護，這本書才未曾沉沒於日漸加深的書海中。

二十年前首先出版此書的知識系統出版社負責人葉步榮先生，作者在此敬致謝忱。您當年使這本書得以出版，現在又蒙慷慨轉讓版權，使書得以再版。

交通大學科幻研究中心主任葉李華先生，作者在此敬致謝忱。您推廣科幻不遺餘力，延續臺灣科幻的香火，並向出版界推薦這本書，才使它再度受到注意。

決定再版這本書的貓頭鷹出版社諸位工作同仁，作者在此敬致謝忱。各位的專業與細心，使再版的過程合作愉快，工作順利完成。

原書的面貌，再版時盡可能予以保留，未加變動。作者與出版社都認為，科幻小說不應該隨著科技發展而改動，否族改動將永無止境。保持原狀也代表原書創作時作者的心理狀態與時代背景有其獨特性，無法更動。畢竟，那是二十年前的狀態。

海天容易二十年，龍戰仍未戢，敬謝觀戰諸君。

作家作品集 0092

綠猴劫（《海天龍戰》32年紀念新版）

作　者—葉言都
主　編—沈維君
校　對—李麗玲
封面暨內頁設計—江孟達
企　劃—金多誠
內頁排版—立全電腦印前排版有限公司

總 編 輯—曾文娟
董 事 長—趙政岷
出 版 者—時報文化出版企業股份有限公司
一〇八〇一九 台北市和平西路三段二四〇號七樓
發行專線—（〇二）二三〇六六八四二
讀者服務專線—〇八〇〇二三一七〇五
（〇二）二三〇四七一〇三
讀者服務傳真—（〇二）二三〇四六八五八
郵撥—一九三四四七二四時報文化出版公司
信箱—一〇八九九臺北華江橋郵局第九九信箱
時報悅讀網—http://www.readingtimes.com.tw
時報文化臉書—https://www.facebook.com/readingtimes.fans
法律顧問—理律法律事務所 陳長文律師、李念祖律師
印　刷—勁達印刷有限公司
初版一刷—二〇二〇年四月十日
定　價—新台幣三二〇元
（缺頁或破損的書，請寄回更換）

時報文化出版公司成立於一九七五年，
一九九九年股票上櫃公開發行，二〇〇八年脫離中時集團非屬旺中，
以「尊重智慧與創意的文化事業」為信念。

綠猴劫 / 葉言都著. -- 初版. -- 臺北市 : 時報文化, 2020.04
面 ;　公分. --（作家作品集 ; 92）
《海天龍戰》32年紀念新版
ISBN 978-957-13-8149-7（平裝）

863.57　　109003485

ISBN 978-957-13-8149-7（平裝）
Printed in Taiwan